文学固原丛书　王正儒◎主编

青铜谣

QING TONG YAO

单永珍◎著

黄河出版传媒集团
宁夏人民教育出版社

图书在版编目（CIP）数据

青铜谣 / 单永珍著. -- 银川：宁夏人民教育出版社，2017.5

（文学固原丛书 / 王正儒主编）

ISBN 978-7-5544-1989-2

Ⅰ. ①青… Ⅱ. ①单… Ⅲ. ①散文诗－诗集－中国－当代 Ⅳ. ①I227

中国版本图书馆CIP数据核字（2017）第108412号

文学固原丛书　　王正儒 主编

青铜谣　　单永珍 著

责任编辑　孔　畅　贾珊珊

封面设计　星　秀

责任印制　殷　戈

黄河出版传媒集团
宁夏人民教育出版社　出版发行

出 版 人　王杨宝

地　　址　宁夏银川市北京东路139号出版大厦（750001）

网　　址　http://www.yrpubm.com

网上书店　http://www.hh-book.com

电子信箱　jiaoyushe@yrpubm.com

邮购电话　0951-5014284

经　　销　全国新华书店

印刷装订　宁夏凤鸣彩印广告有限公司

印刷委托书号　（宁）0005045

开本　787 mm × 1092 mm　1/16

印张　13.75　　字数　220千字

印数　1500册

版次　2017年5月第1版

印次　2017年6月第1次印刷

书号　ISBN 978-7-5544-1989-2

定价　32.00元

总 序

王正儒

2015年,固原市委宣传部、文联耗时近一年编辑出版了“文学固原丛书”第一辑共十四卷,包括各文类选集四册、各县区作品选集五册、个人作品集五册。我们在选编九册各类作品选集时尽可能突出普遍性,意在呈现固原市文学创作的整体水平;五册个人作品我们特邀石舒清、郭文斌、梦也、火会亮、了一容五位作家各自选编了他们自己的作品编辑成册,这五位作家的作品大约代表着目前固原文学创作的较高成绩,也代表着新世纪以来固原市作家的整体风格和艺术追求。但这十四卷书并不是固原文学创作的全部,因为还有更多的作家尤其是青年写作者近些年来勤奋创作成绩斐然,所以在这十四卷书出版之后我们就着手选编第二辑“文学固原丛书”。

第二辑“文学固原丛书”从现有的固原作家中选出在各个文类如诗歌、小说、散文和评论创作中具有代表性的作家十位,诗歌如王怀凌、单永珍、周彦虎,小说如马金莲、许艺、王玉玺,散文随笔如程耀东、古原、樊大学,评论如倪万军。

本辑十位作家的创作各有其审美趣味,各有其文学追求,既有固原文学传统的一面，又有超越地域影响而呈现出的大格局。如王怀凌的家园书写和人生况味，如单永珍在西部高地的精神漫游和神性书写，如马金莲对回族女性日常生活细腻温婉的观照，如许艺的才华和其作品中先锋小说华丽的背影，如程耀东散文中的知识者情怀和乡土叙述，如倪万军评论作品中的史观与方法论的启示，等等。从这十位作家的整体水平来看，我们完全有理由相信，如果第一辑五位作家代表着固原文学的突出成绩，那么本辑十位作家则代表着今日固原文学的普遍实力。

不过，若论及固原文学的实力，除了这十位之外还有更多的写作者以他们的才华，以他们对文学的挚爱，以他们对这片土地的热恋书写着各自的文学梦想。我想今天这若干册“文学固原丛书”的出版也不过是一个系统工作的开始，在以后我们还要持续推出其他作家的作品，尽力呈现文学固原完整的样貌。当然，编辑“文学固原丛书”，我们虽然想让读者诸君看到成绩和水平，但绝非夸耀，因为我们的重要目的在于鼓励作家的创作，在于引领地方文化向着有意义有价值的方向发展。至于这一点，我倒是希望“文学固原丛书”的出版能够得到更多读者乃至社会各界的关注，以更大的社会力量来推动地方文化的发展。

最后，值得一提的是，在“文学固原丛书”的编辑过程中，固原市文联杨风军、单永珍、李方等在策划、选稿、编辑及上下联络工作中付出了巨大的努力，这是要特别感谢的。

2017 年 4 月 10 日

语言的温度

单永珍

这些诗是有温度的,它的诞生与我的身体有关。在我孤立无援时,这大地上卑微的存在给了我持续写作的理由。

我行走在路上。

我在寻找一种证据,即解脱固有形态的一把钥匙。它能让语言在情感的充盈下如何呈现更为自由的方式,让人性的野花开出自己的样子。

有时候,路真的没了。

有时候,语言死了。

记得一位阿拉伯诗人说:

语言的巨匠

在汹涌的鲜血面前

无法修辞

当我无法承受自己内在的分裂时,时时感到语言的无能。

出去走走,总比关在黑屋子要好些。

于是就有了这些诗——行踪与心迹,蛛丝马迹地隐藏在字里行间。这只是我表达的一部分。

我在集合西部边缘文化的光，铸造一座正义的堡垒。这座堡垒上，飘扬着一面荡气回肠的旗。

而江河万里，日月风云，我之渺小乃众生之广阔；我之忧患乃众生之幸福；我之悲伤乃众生之欢乐。我的工作就是从虚到实，从实到虚，虚虚实实，这单纯的循环已让我疲惫不堪。

因为渺小，我创造自在世界。

这自在世界的格言是：白日真实，夜晚诚恳。

既然有了前定和宿命，我只能义无反顾地走下去，用分行和不分行的文字，写下一个人的“自正与他证”。

我喜欢青铜的声音，与黄金无关。因为它契合了我在黑暗中的颜色——从黑到黑，必定暗藏着过隙的白驹。

这是我要抵达的真理。

“爱过了，痛过了，我必须承受。”一个受难者在高原喁喁独白。

目录

Content

山河：落日背影

贡嘎雪山：悼亡

我爱你，川西高原，这里是躲风避雨的好地方
我爱你菊花般乳房，狐皮嫁妆
给最小的女儿取个名字：仓皇

你只需要一片安宁之地，生儿育女
在温暖的火边喝下一杯粗饮茶
在没人的时候偷偷回首

如果我说出一些人的名字，你的眼神里
显得麻木、空洞，好像记忆丢失在风里
好像一个年长者得了噎食病

这是木雅人游牧的高原
贡嘎雪山上，陈旧的白发掩盖了秘密
逃亡者的脚印里鲜花遍野

我什么都不想做，只是一一分辨
这些牧人中，哪些是宁夏人，哪些是甘肃人
哪些是路上长大的混血儿

我只是看见，部落的村支书罗布次仁，戴着白毡帽
含混不清地咒骂着发情的公山羊
他一挥手，一鞭子把落日抽到贡嘎雪山的背阴地

南迦巴瓦：仰望星空
——致故国

大地已经安静，大海已经退潮
就连冰川都肃穆下来，抬头仰望
语言盛开的天空。我仔细辨认
那些吐火罗文、回鹘文、佉卢文、契丹文、西夏文……
一个个庞大星座边，长满茂密传说和生死离别

我相信圣灵之石的召唤，南迦巴瓦
故国是锈迹斑斑的船，漂流在雅鲁藏布江上
携带着烽燧、兵戈、史册以及采诗官的木铎
低处的人们相互告慰，为逝者煨桑，为生者舞蹈
为英雄们在圣灵之石上刻下名字

而繁星点点，那是苍生的眼睛，相互取暖
八千里河山，不，应当是五千年的血缘疆界里
圣贤们依然活着，比如庄子、成吉思汗、宗喀巴……
悄悄睡去的，是我丢失在不同朝代的
骑马、折柳、荡舟、拾掇女红的情人

南迦巴瓦，我修葺着那座废弃宫殿
居留下来。在通往天堂的道路上
种花、酿蜜，再把一个个倾斜的鸟窝扶端
给相思男女，纺上一捆红线
手牵着手，回到害羞草原

玛多神山：光阴的故事
——致青春

分不清是雨还是雪，但能分清十三次失败的爱
分不清是湖泊还是海子，但相信泪水总是咸的
我的玛多、我的乖乖、我白日里哭泣的睡梦
六月的高原上，一个人向你说出
失败只是一道伤，最美的花海里会有必需的药

你一直陪伴着我，在史诗故乡
荒凉内心里有歌声响起。贫穷的时候
我只会唱响一首歌，献给你们——
那些散步的斑头雁，玩耍的蝴蝶，私生子的旱獭
还有英雄的秃鹫为了生活四处奔波

我要承担多少忧伤，才能匹配你寒露为霜的阅历
六月的黄昏，寒冷渐渐逼近，大地昏暗成糊涂的爱
像格萨尔的妃子们，手拉着手，钻进帐篷
去温暖一个人的心。而我独自在路上
在扎陵湖和鄂陵湖之间，黯然神伤

不愿回首曾经的脚步，尽管我依然爱着你
我只能对自己说，勇敢一些，再勇敢一些
所有失败，只需一把向上的力量，在玛多山巅
只需为自由祭献自己。并且永远相信
那十三个若有若无的神灵，会记录罪过和功绩

梅里雪山：隐忍
——致远方

彩云飘飘，真的，彩云飘飘在云南头顶
安静怀疑，冷静审判都会在这里发生

我喊着远方，心里种下梅里雪山妩媚的名字
让她发芽，催促着不死的爱，在海拔五千米燃烧自己

我是一个心灵囚徒，在天堂里诅咒，地狱里赞美
骑着一匹村庄的害群之马，走州过县忏悔自己

我在公社黑板上写下：
“当我沉默的时候，我觉得充实；我将开口，同时感到空虚。”

只要不是指鹿为马，但请不要说破
这是一片含蓄的土地，因为羊群就是羊群，鹰就是鹰

那么就反穿羊皮，沿着鹰飞的道路出发
只给心灵找一个革命理由

我一无所有，我已删除了背信弃义者
学会了原谅，对那些妖冶的苋麻草和狼毒花

但我拥有自由的牙齿，批判的双腿

讨伐一切的墨镜和面对不义的热烈

如果你愿意，亲爱的，请牵着我的手
一起远行，让梅里雪山作证

就让彩云飘飘，尽管我衣衫褴褛
只为赤身裸体和你奔跑在高原

雅拉香波神山：雪莲旁的偶遇

看呐，寂寞盛开是多么纯粹
看呐，雪的女儿一袭素衣向你走来

我抱着你，雅拉香波，在冰川遍布的荒原
独自享受一弯清凉
没有了广场、集会、勾心斗角的宣言
远离喧嚣，远离背信弃义的人群
守着风声、巨石、天空和自由
不谈主义，无所谓人生
我只操心一只蝴蝶奔跑的速度
想象它的前世与来生，渴望与诉求——
（是不是风磨秃了翅膀
是不是阳光烫伤了脚）
我知道，没有人会对一只蝴蝶进行道德审判
更不会为它的命运担忧，只有我
在这胡天胡地的雪山上，仅仅看见
一只疲惫的蝴蝶，一脸肃穆
在盛开的雪莲旁，脚步声越来越轻
嘴巴蠕动着，仿佛修改着般若颂
仿佛断头台上的义士
神秘看着我

雅拉香波，一朵雪莲的盛开是寂寞的
雅拉香波，一个人在世上是荒凉的

喜马拉雅：高处的声音

“卸下所有悲哀，在风起的日子
做一个俗人，满嘴粗话，说出深藏的名字”

“是的，不要神圣，世上的爱情
就是为了一次别离，一次折翅休憩”

“我深深怀念沸腾肉汤，还有
隔夜誓言在一本经书里灰心丧气”

“啊，人生本来就没有高度，你全部奢望
只不过比喜马拉雅高出一米七八左右”

“我还是走不出她的背影，云朵之下
金刚经憔悴成一捧灰烬”

“是否需要处子声音，在风起时候
囚犯的辩驳会被阳光超度”

“山下是人民、药材、史诗以及风干肉
你只是其中的一部分，带着烟火和粗糙的美学”

“而那些罪恶呢？你看，雪豹拒绝在哲学里取暖只为表露对逻辑的不屑”

“如果一个喷嚏让草原落下一场雨
我宁愿献出全身的血”

“放弃那些虚伪修饰，肉麻颂歌
你需要完成自身的革命和造反”

“必须忏悔，在人间高处
我激烈咽下牺牲的羔羊和图腾的牛胛骨”

“嘘，不要高声喧哗。理想和主义
被一个人的絮絮叨叨混乱了秩序”

念青唐古拉：云朵的森林

辽阔其实是一种简单
那一坨一坨的阴影
在午后的光线里，绣花成林
让那曲小镇
增添一餐秀色

我只想在一棵树下看看远方
藏北高原，中间是父亲的念青唐古拉
不远处，就是兄弟藏南
小学三年级的德吉央宗
学习禾苗、树木、森林等单词
她迷茫的声音
仿佛只能绿成辽阔

我什么都不想做
只想来年
种下一棵常青树
以念青唐古拉的云朵为例

年则玉保神山：修远

秋风酿酒，踉跄的草是清醒的
匆忙赶路的甲壳虫也是清醒的
鹰隼的道路来自天空，它上升、下沉
肯定有一些羽毛掩埋了脚印
我习惯了这种飞翔，并且知道
鹰隼是清醒的

年则玉保神山，仁波切的声音随风马旗飞舞
我一无所有，只想在孤寂的时候享受孤寂
我看见，岁月是一次无法修补的错误
但只要孤寂是清醒的，只要对美不造成伤害
我回过头，喊着自己丢失的四十个名字
但只要和孤寂一样，思念是清醒的，还有自由，尊严……

喀喇昆仑：秘密札记

落日靠在喀喇昆仑的眉骨间
显得犹豫
显得羞涩
她觉得自己怀孕了
她尚青春
她厌恶大腹便便的丑

喀喇昆仑闭上眼睛
装作什么都没看见

阿尼玛卿山：蓝色副歌

七星高挂的青海，因为爱，我再次面对阿尼玛卿
一朵瘦弱的雪莲，因为爱，我抱着黄河悄然入眠

一群东张西望的野牦牛，走上公路
感恩的青稞地里，藏着冬天的火焰

我在一块石头上刻下你的名字
连同孤独，放在村落高处

在路上，看着远方，不一样的风雨
吹打着我的骨头和身体里的雪霜

这些年，来来去去的车辆
载走繁琐的香水和四季变化的汉语

如果在此刻抒情，我一定会说
背水的桑吉，你是我命中的姑娘

但我的情歌已经远去，渐渐苍老的面容
挂在阿尼玛卿山巅，扭曲，变异

我简单爱上了小酒馆，羊皮大衣，藏银饰

甚至无耻爱上狼毒花，牛粪和甲壳虫

这样的生活在午后时光大面积出现
使我的脚步声摇晃，糜烂，大声哭泣

是的，我如此热爱，爱上发芽酒曲
爱上一个人弯曲手臂，以及梦呓

这是男人的阿尼玛卿，他身后
是一堆情书堆垒的羊圈和鹰巢

靠过来，慢慢靠过来，用你的身体
湿润我已干燥的朗诵

卡瓦博格峰：雪山之神

“孤独是一堆腐烂的银子，照耀着恩情，信仰
而妖娆的修持在雪山之巅大音希声”——

这是遗失的一捆道歌，饱含生活热度
还有悲伤（一捧向下的火焰旁，堆满圣洁骨头）
那些信徒、游客、盗墓贼、二道贩子……
放弃了尊贵，羞涩，约会，在星宿上
挂满经幡，图画，无法言说的罪孽
他们学会了抒情，悔恨，在玛尼堆旁
无知地朗诵——
“香格里拉啊，雪山之神”

卡瓦博格，梅里雪山磨牙的女儿
玩耍银饰，抚摸雪豹的胡须
她把烈日还给天空，黑发还给青春
让落日下的寺院穿上黄金
在睫毛上放任肆无忌惮的辽阔
使澜沧江调皮成一挂长长的忧伤
并在睡梦中拆解了羊皮经书

“在路上，我和你相遇，钻进别人的帐房
佛法无边啊，但你是我的念想”

墨尔多神山：梦中的空行母

我获得了拯救，并且伤痕累累
并且深深知道：美是一场钻心的疾病……

就让我一寸一寸爱着你，在墨尔多神山怀里
写下颂辞、光明、体温、抒情月光
带着霹雳、羊圈、酒缸以及颤抖的罪恶
在草药遍地的路上，用低分贝念诵
幼稚情书

这瘟疫般相会携带错误标题
我坚信，你已经睡醒，在夏季牧场石头上
煮茶，晾晒糌粑，把废弃光阴
串在牛皮绳上。并且伸出双唇
拍打我舌尖上的疲劳，并且
在我的身体里抽取舍利，哪怕是
一颗穷人女儿胸前的佛珠，带着
曲线和简单的美丽

我被一场白日梦勒醒，目击到的是
一朵修辞的蘑菇渐渐变黑
而你含露的嘴里，喃喃自语
“你欠我一座肋骨修的灵塔”

苯日神山：通往天堂的树

林芝偏南，一片树叶传唱古老秘咒
雅鲁藏布江洗净心上尘埃
随一江秋水而去的是一树倒影

我来到苯日神山脚下，满含泪水
倾听一个苯教徒叙述一个部落历史
他豁掉的门牙里暗含荣光和失败

我知道，那棵通往天堂的树需要天庭养分
而一声苍鹰的鸣叫更加瘦骨嶙峋
大地上繁衍的是酒精的阴谋

是的，当蝴蝶在树枝上打坐，吹响法号
我看见那个叫阿穷博杰的寂寞身影
像我苍白的传记，留下失望和伤痛

必须要面对河流飞翔，草原宁静
我来到苯日神山顶峰，学习一棵树的卑微
一如卑微的我遇见卑微姐妹

而此时，没有虚构的落木萧萧，只有
一片又一片的叶子，在风的经诵里离去

像那些腐朽的家伙，回到土里，盘算牛肉与黄金

我要忍住泪水，否则运送羊皮的拖拉机
会产生高原反应，也会把异域咳嗽
带回到心跳帐篷

措哇尕则山

那些无名的草、花朵，还有醉生梦死的风
一定在记忆的呼喊里藏着神圣
我以为，4610 米的高度，不过是
对你思念的浅浅延伸

穿过措哇尕则山巅，一边在扎陵湖里放生
一边在鄂陵湖草垫上生儿育女
当疾驰的雁修改了方向，背阴的翅清扫出道路
我仅仅读完格萨尔成长章节

如果抚摸记忆，或者美化一次经历
那些商贾、僧侣、朝圣者、零星土匪
塞满唐蕃古道的杂乱方言，无疑是伸张正义创举
黑夜帐篷里有人篡改典籍

不妨在大河源头张望，哪怕是一次抒情
这样的歌颂、赞美，肯定隐匿着虚荣
如同拍卖了良心的爱情散文，在过渡段落里
留下背信弃义，以及赤裸裸暧昧

我相信这四季分明的邂逅，来自苍白，丧失——
翻飞风马旗，破烂经幡，还有散步生灵

我所关心的是，一只酣睡蚂蚁吐着白沫
一层无知的锈遮蔽了扎陵湖的蓝

高天之上，大河之下
废弃王朝带走细节，留下人民、文字、语言
在日全食黎明，在圣灵沉睡深处
亘古罗盘指东道西，盘算着光阴和信仰

尕朵觉沃

不要在史诗路口伤害春天
不要在藏历新年埋葬自刎的鹰

荒凉内心装着人世，一挂马车
载走前世婚约和后世孤独

向上一望，稀薄空气里众语喧哗
隔夜标语长满石头

尕朵觉沃，一道醒目闪电
照亮疼痛，一次问候玉树临风

把内心寺院拆除，还原俗世的爱
把无知力量消解，重建道德

我绝对相信，有一种凌空蹈虚
在黑鸦脚程里充满意志

至于那些雪白，漆黑，赤色大地
宗教唱诗里出现空白

如果是午后，如果是清洁的手抽风

不妨看看丧家的地主家的牦牛长吁短叹

尕朵觉沃，一次脱胎换骨般相逢
需要一道闪电把善意写进书卷

那个叫则热的活佛，体型宽大
面目黝黑，他对热爱酥油胜过经书

我翻阅陈年玉树州志
那些数字，那些叙述沾满檀香

这是青海的下午，青海春天的下午
逃亡历史独自拥抱此刻时空

我只在清冽光线上磨砺一把斧子
在一堆篝火旁享受疾病

唐古拉

一边是西藏的盐，风清月白
一边是青海的茶，抽刀断水
一坨酥油就是经年不化的星宿

穿过青藏铁路的藏羚羊卸下惊恐
唐突的马，翻晒爱情
一群巡逻的鹰，列队向落日敬礼

识读埃塞俄比亚人笔下的油画
黑的花朵，黑的牧人，黑的太阳
更黑的是蚊子精液汹涌成河

以及发表在黑板报上的抒情诗，赞美如蜜
空虚的城市青年，用长满青春痘的嗓子
喊沸一眼错误温泉

如果创造逻辑，必须让蒙古马蹬回到石头
让失明歌手咿呀学语
让格桑花沦丧成一片森林

我所说的冷峻，是白发披肩
是浑厚男中音中途转折

是一次婚约慢慢变老

比如,青海扎西家的帐篷里
住着西藏卓玛。再比如,拉萨商人
说着一嘴康巴语

这是唐古拉山一日。山巅上的历史
飘过溪水
深刻念叨:日月

抓喜秀龙之侧

落日之黑似一猛士撞击天穹而雷声阵阵

黄金寺院
一个女香客手里
藏着成吉思汗的马蹄铁

节日草原上就连芨芨草都说着普通话

马牙雪山（一）

一个信仰沦丧的人，在雪山下偷情
当一个败家子反穿皮袄，打马经过时
一场最小的雪崩在春天发生

雪山脚下，羊肉与青稞的交易继续进行
那些最先出生的青草，一身腥气
它们交头接耳，看着龇牙咧嘴的落日

旅行者的烟蒂、贩夫走卒的劣质酒瓶
摇滚歌手撕心裂肺的嗓子里
咽下一颗要命的门牙

像一幅混乱油画，涂满春天的油彩
藏族诗人仁谦才华挥舞着革命般的手
抽打伪浪漫主义者的下半身诗歌

但远处帐篷里，牛粪火正旺
我用一块砖茶和一条哈达
换取草老尕妹一杯热腾腾酥油茶

马牙雪山（二）

我唯能献上的是几朵雪莲。饥饿马牙
你陈旧白发浪费了草原青春
一根声名狼藉的鹰骨把生活谱系捣乱
谁将虚构情节推翻

不要谈论青春，我邂逅了你的呲牙咧嘴
高高在上的雪莲是一场错误。只是——
假如给河流以正确命名
假如一匹梦遗的马深含幸福

马牙，马牙。我输掉江山换来一次爱
如果你的族谱里收容我的失败
内心的暮色何尝不是最后的墓志铭

马牙，马牙。睡梦里的白银在天空闪烁
在历史午后
哦，你马奶般身子已进入隐喻

毛藏草原一夜

在醉生梦死天空下剥离端庄

那些柔软的草，梦以及夜露。星宿争辩的草原上
一次鬼祟私密让毛藏河片刻宁静

酥油帐篷，膻腥辫子。牦牛皮鞭挂在墙上
你无知轻佻会在一个姑娘的蔑视里
灰心丧气地抽打原始罪恶

哪怕你讲述仓央嘉措情史，或者格萨尔妃子
你口若悬河的炫耀会在这个夜晚失去读者
那些城市的生活哲学让你的虚与委蛇
暴露在月光温柔的审判里

我在这样的虚空里面对一朵格桑
她饱满，热情，略带羊膻味的歌声
似乎在赞美远处的空行母。她莲花般身子
携带黄金史诗和一夜潮湿

是的，这是你的草原，我只是自我流放的戍卒
一夜过后，留下暗含的伤，挂满草尖
在寂静的毛藏草原

我选择忧伤角度拥抱你，然后离开
这是农历七月七，野史里最重要一笔

抬头发现，屋顶上端坐一只撒尿的鹰

杂木河边

如果阳光不那么强烈，如果狼毒花不那么美
如果一个牧人对生活不破罐子破摔
这里一定是杂木河边，怀孕白牦牛相互学习
一脸幸福，像仁谦才华的妻子
自豪地成为那个藏族诗人的爱情漂流瓶

毛藏草原，佛光浩荡的杂木河边
汲水的才旦说唱华锐英雄史诗
一截断石，一座亘古冬窝子
一块丹霞地貌里的白牦牛图腾
是一个部落传宗接代的游戏

这年夏天，玩耍的秃鹫学会了打坐，念经
说着安多方言。当一本正经的决斗延续种族梦想
当一块破败骨头被真正交易
那些背负三座大山的兄弟们是解放的奴隶
他们夜晚谈话让一种传说通俗易懂

你不会批评这样的夜晚，对一个女人的阅读源自指头
你的理想是肉汤、私通、邪恶哲学
当早晨的雨落满吐蕃词条，当霍尔的历史被恶意篡改
那个被交易的女人，怀着春天的王子

混沌着落日下游牧的冲突

必须保持对英雄部落的敬重，两个插俄博的兄弟
仿佛完成睡眠的苏醒，他们渺小且乖张
在通往神圣路上，目光迷离
青海师大藏语系恋爱中的黑木措
她的流行歌曲，差点毁坏两个男人的虔诚

一把匈奴弯刀

我常常怀疑
我醒在一个消失年代
我梦见自己的血
洒在戈壁慌乱位置
我试图从那里
把灵魂取走
像从一座刚刚拜谒过的纪念碑旁
取走一把匈奴弯刀
而时光门槛让我退缩
但我并不怀疑
在博物馆的玻璃窗前
那把舔过血的弯刀
试图割取
我的青春
以及
卑微命运

风吹肃南

一束流云。衰败草原上秋天毁灭
两个懒散的人。谈天说地
四面八方的消息在酥油茶里热烈沸腾

八面墩冬窝子，命中女子语言灿烂
油菜地像一场集体婚礼，奢华，糜烂
如果大雪尚远，道路通天
她骄傲的散辫上肯定欲望弥漫

风吹。肃南肩膀上卸下生活减法

醉生梦死的猎手兽皮里睡眠。一夜磨牙声响彻
无赖青稞被唤醒灵魂。两个酒缸充满了呼吸
而大地的经书上镶满三六九等的醒悟

当沉睡黑熊糜集于游牧嘴唇
当突厥人和蒙古人的交谈被普通话打乱
主啊，你预言章节里狼毒花泛滥
部落交易毁于一次秘密谈话

肃南二十一世纪牛仔裤边角磨损，肌肉翻飞。风吹——

狼毒花开的声音

狼毒花开。蝴蝶的宗教盛开在草原私处
一场泛滥风暴,来自蜥蜴咳嗽
一书废弃契约,在咒骂声中结盟
一次臭名昭著革命,诞生下香毒
一通胡乱情欲,破坏了姓氏族徽
一束秘密信札藏在腐烂羊毛下

黎明的挑衅贯穿着河西走廊的神经
焉支山酣醉的蝴蝶在狼毒花上抽搐
夏日肿胀——

狼毒花开。苍鹰咽下的是一片无知鸟鸣
马踏飞燕记忆,源于一顶帐篷失贞
口中喷火的哈萨克小丑,一夜惊心动魄逃亡
尧熬尔唾弃的中秋,一句古老祖训
铁穆尔嘹亮民谣,是一篇散文的凌乱章节
篡改的史书里略带狐骚

黄昏的安谧深刻于打骨草的药香
唐突的滑翔止于雪线以下的秘闻
秋日漫长——

再一次目睹飞天离去

再一次目睹飞天离去。莫高窟墙壁上
抒情经卷记录着空位痕迹

色目商人骆驼嚼盐,他殷实钱袋
是垂头丧气新娘放弃的方言

“我不爱名利,不爱奢华
只为一次爱情历险。”

一池月亮。月牙泉里藏着天堂
公蛇的孤独来自慌张忏悔

请不要相信俗世的光阴,闭关千年等待
只为灰心逃离

当衣袂飘飘素手扯走秋风
莫高窟下:夜晚集会开始降温

你不会在日子的眉批上同时写下祷告和仇恨
你失望的朗诵是对异性崇拜

那些麻木游客,古老小偷

一次心跳的阅历上镀满了羞愧

但来自青海的阿朝阳,一脸虔诚
他在恢复吐谷浑大迁徙线路图

“河西,祁连,柴达木——失败的亡魂
割草,摘药,喂养怀念的早晨。”

觉悟的脚印穿过沙漠
敦煌研究所门前埋下记忆绝症

再一次目睹飞天离去。我原谅她暧昧身世
甚至原谅芦苇喧哗的冷冷造访

一碗泉

沙中取水草上散步
十万沙子十万草
腾格里南缘
一碗泉水足以拯救
一片鸟声

沙子无言
开着秋天的门
青草有约
只是无人路过
一碗泉边:标语漫天
渴——

仿佛一只蜥蜴在腾格里大漠念叨着什么
仿佛一个俗人对生活的彻悟

骊靬古城

古罗马走失的刀子。骊靬
当我抵达你的渴望时,意甲联赛正在疯狂进行

骊靬古城。你向西的睡眠是一次对故乡回忆
你忧伤的青稞是一次征服创伤

如果意大利通志残缺着记忆
如果对自己的肤色不再怀疑

今夜。安静的黄泥小屋里
甘肃永昌农民张永贵向我复述别人发现的家史

……你看,意大利的狂欢
你看,河西走廊的霉暗

是啊,上帝把惩罚的鞭子
一不小心遗落在巴丹吉林的边缘

走西口谣

给一脸疲倦打上补丁
给一脚路程绣上鞋垫

一炕营生
一地光阴
一院散落的柴米油盐

“哥哥你走西口啊——”
不
我去新疆摘棉花
妹妹你不必留

焉支，焉支

一坡生锈阳光镀在蝶翅上
一个被遗弃匈奴皮囊，一丛失恋花朵

是的，他们说着自己的语言，驯马、猎鹿
他们把黑羯羊祭献，用奴隶女儿换取烈酒

当遗弃马刀被重新锻造、命名
那些闪光金银，是献给阏氏的初夜赔偿

胡天之下，没有一次爱情被千古传诵
但他们生儿育女，传宗接代，留下原始血统

要知道，神明端坐在露珠上
一次小小背叛会被阳光的咒语惩罚

没有人歌唱油菜花，或者鹰
一块经久抚摸的石头成为内心宗教

而你千万不要说出那张狐皮来历
但你可以砍伐古木的锈

我知道，谁在马厩里完成一次革命

谁在异族人的刀口下读懂先知

焉支，焉支，羊水溢
焉支，焉支，风破城

公元二〇〇七年，一个脑袋糊涂的人
搜集腐烂心灵细节

海藏寺

一挂陈旧勒勒车，运送骨殖
药王泉边，汲水尕藏看见了布达拉宫
而我所经历的是：一只乌鸦啄开黑暗

海藏寺。六字真言被西夏人阅读
天祝石壁上
那头风吹雨淋的牦牛
驮着经书
一路走过超度的千年

海藏寺旁。牛挤奶
羊下羔
一盏酥油灯下有人忏悔

花草滩

花草滩上无花，这是事实
花草滩上只有黑白相间羊群
啃食光阴

往往会有不设防的致命邂逅，如果假以时日
我会爱上岩画上女子
她柔情似水，蜜语甜言
只是，时光啊——
被黑风吹散的长城垛口下
爱情毒药，来自
一次失身记忆

这些猝不及防细节，多像
羊与青草的盛宴
至于花与非花
在这个广大草原上
无关紧要

在汉长城垛口

如果给垛口砌上篱笆,给空气种下膻腥
我相信一株狼毒花香气会被风吹走
如果一粒盐在草根隐居,一把泥土黑暗了星宿
我知道两种方言的交易会成为罪恶

当六月的雪缝补了道德,一只鹰怀念青草
一场胡天羌地的革命沦丧了一个家族
八百里的狼烟啊——
今夜我写下的是:驼背上的羊皮和丝绸

那个在羊颊骨上刻字的牧马人
来自原州。他热爱泥土、女人
他把一方伪造印章埋在长城垛口下
他的想象来自弥天大谎

如今,我发现——
一只土拨鼠沮丧地站在垛口上
抱拳远望

马场的夜晚

没有听到马嚼夜草的声音
这个夜晚注定被孤独包围
夏草正胖，躲在肥叶子下打鼾的夏虫
是旅行者遗失在大地上的标记

山丹马场。光荣与梦想已经生锈
万马嘶鸣的图景被时间风干
那只学习甲骨文的蝴蝶
已经忘记马蹄识香的手艺

事实上，当载重卡车穿过马场夜晚
我分明看见，低矮马棚上的尘埃
和几只小兽四散而逃的痕迹
仿佛是一次战争年久失修地图

噫。勇士之手——
竟挥不动二十一世纪轻浮皮鞭

从银川西眺

一座繁华园林。银川
一院狼狈宫殿。武威
从银川西眺,草原上小丑在沙上朝觐

隐名埋姓的商人烧掉字典
他不会说出光明的拓拔,以及裁缝的图纸
在巴丹吉林,骆驼草下埋进一囊黑河之水

旦马的露天饭馆里,叶舟的骚花儿
让回家的女学生面色绯红
醉酒的吐谷浑牧人以为听见夺命蒙古长调

你看,那只沿着飞机尾气飞翔的鸽子
在天空胡乱涂抹出:平安
几个发霉老汉蹲在烽火台下打发时光

而沙漠里发情的公驼
被动物园尊为领袖,它的部落
是一群开屏孔雀和懒惰天鹅

从银川西眺,李元昊的耐心被秋草刺破
几片桃木上,两个说着党项语的妃子
躲进《西夏史诗》的羊圈里,品尝蓝带啤酒

昆仑　昆仑

千万不要说出:昆仑 昆仑
就像一个通灵孩子看见了神
他说:昆仑 昆仑

尕拉尕山垭口

“你在尕拉尕山垭口可以蔑视神圣，
但要尊重卓玛家生活的牛粪。”

不要空谈艺术
那些大面积真言扑天盖解读着笔画

她邀请我喝奶茶，甚至羞涩的笑
那么手抓肉呢？这与道德无关的生活每天来临

当红旗越野车喘着粗气。
我看见他绛红色脸上写满了虔诚

他说：“敬仰天空，哪怕是遗精云彩
流窜空气会改变一切。”

但当你在尕拉尕山垭口，那口紧张呼吸
会让人遗忘真理

要学会拒绝，就像我学会拒绝红旗的摄影
他总是想把我变得崇高

这一切逃不出阳光镜头。我吃着糌粑
举着治疗胃病的矿泉水，说出刚刚学会的藏话：欧亚

真的，当你沿着仓央嘉措走过的那条线路下行
你的内心会闪过一群牦牛野合

尕拉尕山垭口，我诵读俩伊俩罕，印拉拉乎
一群迅疾斑头雁投向湖心

那群获得了安宁的斑雁，朗诵并且歌唱
而一个人喉咙发肿开始失声

尕拉尕山垭口，一页散落经书
就像我唱读的二章民谣

青海，青海

车子穿过黄土高原、戈壁、沙漠、丘陵。青海兄弟说着草原，比如说朝阳，用土族话说出，巴里坤、呼伦贝尔，一股互助的腔调。然后一壶青稞酒沿倒淌河向南飞去，我的耳边依稀记得两个字：草原

是的，格萨尔马蹄已经刺破了我的眼睛

当我不小心穿越了果洛、玉树，悄悄念出
唵嘛呢叭咪哞

从穆罕默德到释迦牟尼，两个高人谈话，漫天响起，他们说着生活的语言，包括爱……
这时，一阵救命雨同时淌下

尔萨、哈什木、罗布次仁、扎西才让，四个结拜兄弟
在玛多粮食宾馆谈论羊皮生意

我无法安眠
你这绝命海拔

我可以邀请所有兄弟直扑果洛，因为那里有酥油茶、手抓肉，还有曲拉

但是一个鱼贩子会在宗教法庭上受到审判
说出盐
说出藏、土、撒拉、东乡、蒙古包括逃亡的西夏

二十一世纪青海湖诗歌节上，美酒如池，大腿林立，以色列诗人的发言充满了谬论，但是颂声一片
我知道什么叫媒体，就像青海湖盛开的油菜花

悄悄地从青海大地上穿过
好像穿过了我的故乡

“洋芋花开（者）白花花，我把你（者）想下。羊肠子吃下一身的劲，今晚上把你美下。”

源头之曲

我要说出的是:雪山、草原、溪流以及奔跑精灵
这些与祖国缠绵的词汇
清凉、健康、柔软、原初,还有朴素呼吸

我要刻下的是:姓氏、名字、族源的六字真言
这些颜色发黄的徽章拓在秋天原野上
并且喃喃自语:天行健,君子以自强不息

你必须要学会叩拜、赞念、口若悬河的吟唱
打开时光门扉回到太古,使用石器、钻木取火
猎取心灵里野蛮的兽

你无需远眺,只保留此刻的安宁和自由
大海已远,头顶是欲望饱满的蓝
然后是青黛信仰以及子孙的游牧与农耕

黄河自古天上来
噫。龙腾九天

玛曲：黄河向西

我看到你缓缓倾斜身子
以及面向阿尼玛卿的泪水
让风中格桑
失声呼喊

那是决绝回望
玛曲草原
一个人疾驰身影
完成一生转折

玉门的啤酒花开了

七月流火。六月淌下的是一抹大面积陶醉

在玉门,颓废油田上旗帜萎靡
那座铁人塑像
被写进王新军的小说章节
但在马兆玉的诗篇里,他种植、经营——
北纬线上热烈的爱情浓度
河西走廊酡红的啤酒花
一如遥远胭脂
魂不守舍地湮开一坡民谣

我真的看到啤酒花开了,在玉门
胡天之下——
卡车司机议论着中东局势和国际油价
而酩酊不已的阿克塞牧羊人
醉看一个大肚子工人
推着一车啤酒花,朗诵诗经

“——噫,这个样子嘛
好工人的不是。”

在雅丹地带穿行

破败宫殿。驼唇。流水道路，以及一片回忆的白雪
一块大陆疼痛的骨殖和二〇〇九年的美元一起贬值

在固原发往伊犁的公共车上，我像一个仓皇退位的皇帝
看着远逝江山和一个个面若桃花的妃子欢天喜地

甚至是一些恍惚，一条丧失尊严癞皮狗
唐突声音里有些与时俱进的无奈与哀泣

不要无理取闹，繁荣的草场隐藏在碱里
突厥的坐骑目带惊慌，留下一串悲哀和踉跄

不要虚构，美学镜头里滴着隔夜胆汁
《美国国家地理》杂志的插图狼藉一片

"——嘘，在无风日子，你不小心会掐疼一个梦境
会给一座土丘安下名字、个性、爱好连同唾弃的生殖。"

"有雨是饥饿的灾难，会让失眠上帝失去耐心，
会让愚蠢蚂蚁毁灭罪证，让意义呕吐。"

如果说起它们，那肯定是黄金庭院，在干旱中休克

是一条河流献给大地奔向天堂的阶梯

如果蔑视秋天教科书，你必然敬沙粒为神明
在一首中亚谣曲里喃喃自语，指手画脚

然后是痛失哲学的乞丐，面对潮湿逻辑
圈地为牢地捡拾内心空虚和一只蜥蜴的鞋子

我无法复述那场轰轰烈烈的失恋，我经历的是过程
正如那些放弃选举权的树、蒿草以及子孙满坡的公羊告白

雅丹地貌：一个人魔鬼般朗诵《福乐智慧》残章
他诚恳语调仿佛是在诺贝尔文学奖讲坛上的一通吹嘘

瓜州的悔悟

南方雨林，草原格桑
瓜州一定失望

鹦鹉学舌，杜鹃啼血
瓜州抬头探月

半页诗经，几段离骚
瓜州埋下断章

七月流失，八月飞雪
瓜州胆中炼糖

风高放火，黑夜翻墙
妹妹你在何方

瓜州，瓜州，你这投奔甘肃的穷小子
肠子黑青，反穿衣裳

星星峡的背影

恢复到落日高度。群山之侧
几万起义的蝗虫敬着成吉思汗军礼
在断石上停留了一下

你可以嘲笑一个古代书生的鬼祟
但必定肃穆飞天戒指上的体温，和
寒露的虔诚

当几个铁匠钻燧取火，寻找一把斧子
那棵流泪的树
正在一条金鱼的热吻里化木为石

贩盐道士，背着皮子酒鬼，写诗小偷
他们寂寞脚步
像是一次神圣宴席

还有马可波罗、斯文·赫定、斯坦因
三个结拜弟兄
在金碗里割破上帝的喉咙啜饮

事实上，那些光明
那些皈依

那些忏悔，事实上——

我刚刚经过星星峡。群山的宗教
落满此刻肩膀，携带几何的泪水和圆规
丈量内心

素描：一幅油画

一支野蛮的箭，带着暧昧与复仇
一头悲伤骆驼绝望于一条静止的河
是的，当你虚构小说另起一个章节之时

花草滩崖畔，扎堆羊群被阳光雕塑
几段长城，几句山丹方言
欲望的交易哭喊着历史

我不想重复对石头崇拜。亚洲东部
无聊的无名氏在狩猎，交媾，念念有词
他失误口语里说出："火车，火车——"

不妨拉着林一木的手，感受胡风
迷路蚂蚁昏天暗地。但是
吃着波斯大蒜的商人兴高采烈

不要反对隐喻，甚至一场黄昏黑雨
宗教马车载满了鹰。伤心的素描
一次爱情马拉松刚刚开始

那些光明刀客，口喷火焰
玩耍的私生子学习算术，撕下一块羊肋骨

在阶级手指上敲打光阴

在人迹罕至的戈壁，退位酋长
守着黄金，在阴影里面壁
热情妃子们齐声朗诵：“啊，伟大的征服之神”

我没有错失那次贫穷的溺尿
在斑驳石头上，错误考古
在一首新边塞诗里重新出现

雪落敦煌

无法沉默的热烈,卑微的雪穿过天空
鸣沙山下:一本信仰的书感觉寒冷

当一朵卑微的雪带着渴望与孤独
一眼思想的泉打开生活度牒

你被一群藏文字母隔离。而在成吉思汗日记里
藏着牺牲麝香和致命速度

我承受着你来临的重量。血崩呼喊
在我粗糙的皮肤上渐行渐远

是的,当一群革命艾蒿面黄肌瘦
当一个肥胖飞天给地狱发出 E-mail

我远离自己,犹如远离一捆寂寞蔬菜
远离一次失恋阅历

肃南的下午

给尧乎尔姑娘梳头。给拉萨的贺中写信
给铁穆尔的千年史作出注释
给操着突厥语的早产儿安下汉名
此刻,一树桃花商量着婚礼
一只遮面蜜蜂,羞愧地走在广场上
一个呼天喊地的醉汉,练习着飞翔

如果在一匹马鞍上摘下路程
在羊背上取走祝福,在头狼眼里拓下方向
在圣诗《西至哈至》中回到故乡
这一定是肃南,暴露在张掖电视台头条新闻里
一副慢理条斯的中亚细亚语气
几个别扭繁体字缺竖少横

河西：甘肃的鞋带

粗粝河西，一个漫游的宁夏人
鬼鬼祟祟。他探秘，释文，打着喷嚏
他把对银川女人的念想渡在乌鸦眼睛里

他看见一片东张西望的芨芨草，举着露珠
一绺西亚胡须随风劲舞
晚点的新闻颠倒着以色列和巴勒斯坦的事情

几个高谈阔论哈萨克牧人，拿着陈年收音机
仿佛在挽救华尔街金融
不远处的沙漠公蛇哈欠连天，昏昏欲睡

你不妨在公社的字典里煽风点火——起义的马
穿过八月睡梦，完成神圣洗礼
大地上的五谷激烈地传宗接代

你在西口路边吃下早点，抽着旱烟
用几页《诗经》换来哈密瓜，蒙古绒
在一章骚花儿里坐怀不乱

当日光泥泞，雪水生锈
当东去列车停在兰州，狼奔豖突的拉面馆前
师大女大学生，普通话凌乱不堪

敦煌的鹰

鹰有神示，无限荣光在于飞翔
寒冷内心有超度念想

三危山绝命海拔
大地上的光阴走如奔兔

一面被偷走的风马旗
羞愧的星宿上楔进信仰

无论如何，疏勒河边
我咽下的只是活命的抒情

没有对天空伪造伤害，遥远先知
你顽固的智慧藏在沙尘暴里

但对一只兔子的渴望，甚至麻雀
那只是走向一个异性的热炕

在二十世纪工业革命里，有一种嘶鸣
我只怀念四平八稳的早晨

雪落。一条愤怒弧线伤痕累累

大地上肉铺繁荣,果香四溢

说出黑暗中颂歌,或者赞美诗
你不小心的偷情会被狗仔队记录

回到心跳夜晚,和一个小偷秘密约会
他遗忘了飞檐走壁,只有安慰

敦煌啊！我带着飞天梦想拼死一跃
留下羽衣霓裳

天空啊！你无耻广大里落木萧萧
我只带走飞翔。敦煌——

乌鞘岭下的一次睡眠

那么多大雁飞过，留下一次经历
那么美，落日完成最后一次祈祷
仓皇而来的是神圣诅咒和赞念

给别扭文字梳理细节，我知道——
成吉思汗的毡靴，是通关铭文
而衰败的李元昊在区别胡椒里的毒药

乌鞘岭以西，尧乎尔兄弟走州过县
醉生梦死的哈萨克帐篷里马肉穿肠
我全部记忆源自被打入冷宫的阏氏妹妹

你在敦煌细数流沙，翻译坠简
在一卷经文前调皮捣蛋
多么先知啊！胡骚冲天的飞天如坐针毡

甚至在尘土飞扬的小巷叫卖阳光，反穿羊皮
在一座铁匠铺前挥汗如雨，结束一次梦遗
教堂前的唱诗班集体失语

是的，当全部生意毁于小兽皈依
星宿的脚趾上翘着悔悟和幡然

你家徒四壁的身体里流光溢彩

嘘！不要吵醒那列从乌鲁木齐到成都的火车
不要给汗血马投下夜草
但一定要让早产的母羊耐心等待

乌鞘岭的海拔

车过乌鞘岭，它衰败的巍峨
沦丧于秋草高度
它的颓废不及四脚蛇惊慌失措的逃亡

我自信于 1.72 米的海拔，比鹰低些
比远处野燕麦高出许多
比鼠目寸光屎壳郎了解植物学

我有资格在乌鞘岭上指东道西
右手是烟雾缭绕兰州，左手是帝国走廊
面前是蒙古高地，身后是酒曲里的青藏

记得宁夏老乡李元昊在这里啃过羊肋巴
避暑的成吉思汗，不带通关文牒
到别的国家牧马

我按捺不住一丝土拨鼠的豪情，索性端一壶酒
浇在茁壮成长的唐诗宋词里
让它面目狰狞，一脸邪恶

云朵之下，我教育着青藏的牦牛
蒙古烈马，黄土高原上白牙的毛驴

让它们在众目之下讲解幸福起源

车过乌鞘岭,艰难的唱读混杂着古今
我目光痴呆。那些野燕麦、蓝苜蓿、狗尾巴花
多像我想你时丧心病狂的痛

一个失魂落魄的人在阿克塞

一个失魂落魄的人在阿克塞
颂唱西风，说着一些破败无聊事情

几头骆驼，一片戈壁以及经年胡杨
孤单沙粒上留下一块空旷

必须要携带刀子和酒，恩情或者失败的爱
你身后的怀念里要藏着阳春三月的鬼祟

并且要记录下一个人的堕落
她虚与委蛇的甜蜜里有伤害的毒药

而阳关不远，唐代屋宇和宋朝瓷器
一次格律的唱读呼天抢地

在落日之下请保持应有虔诚
只是，黑暗中的黄金念叨着革命

不要拒绝吐库丁的邀请，沸腾的羊颊骨上
纪年甲骨文字被轻易虚构。还有——

红旗越野车里，青海花儿和陕西秦腔

烙下西域痕迹和羊肉膻腥

向西——
边疆棉花盛开，囊坑肉熟

河西在上

铁抱铜,祭祀图腾在野地里锈成一片寒露,它隐忍,不露痕迹

伪造的阴阳帖飘在梁积林家门口
这个玩世不恭家伙,捣卖古董,不屑一顾,写下七扭八歪的诗

通往俄博的卡车司机
车轮轧过的灵魂在唐诗宋词里吧吧作响
风马旗的半截身子,一面向西,一面朝向扭曲内心

河西在上。祖国的屋檐下埋下金子和羊头
你看:草原发情,大漠受孕
发呆的鹰
卸下大面积忧伤以及胡言乱语传说

河西在上。天祝天堂寺通向莫高窟壁画
在飞天舌尖上取暖,她的美丽藏着一身狐臭
那么美啊
身体里的魔鬼惊叹之后,逃到一棵桃树后头

你在石头上写经,羊皮上喷火,留下错误的语录

走廊废墟上，离经叛道的毒药来自白胡椒
而另外黑胡椒里藏着交易

一定要相信黑脸读书人，他鬼符般语言源自对生活彻悟
他现实的运动，使山丹马场上精液横流，子孙遍野

那个巨型乳房的石头女人，祖籍银川，谁能说清，她到底喂养多少失败的神

天堂寺的夜晚

连老鸹都安静了，金顶上的月光肆无忌惮
它一半耀眼，一半正在打着瞌睡
似乎要将一天的诵经声揽进怀里
掰成两半
一半是白天的酥油茶
一半是夜晚的糌粑
剩下的
是那些牛啊羊啊被超度的魂灵
虔诚仰望着

当我离开时，突然发现
一个青年喇嘛远去的背影
多像仓央嘉措在月光下疾驰的脚步

腾格里沙漠南缘

一根蓝色飘带在腾格里沙漠南缘逶迤而去。黄河——
前面是兰州,她带走生活的拉面
白兰瓜和野葫芦的沙地里喘息着蛛丝马迹的美
一块布满皱纹的石头留下钻木取火的烟

沙坡头别扭方言,以及雀斑导游
车龙马水的羊皮筏子上载走大麦地岩画拓片
明朝高庙里盲目僧人吞云吐雾

多么自觉的夜晚。四脚蛇埋下诅咒与浪漫
它的力量和速度欺骗了人类猎奇

但在黄河石林里,一声史前犬吠
惊起两个执迷不悟的人

流沙,流沙,一朵闲云挂着乌鸦
它迫不及待地飞翔是躲避缺水伏天
它的恐慌来自先知箴言

是的,当驮夫的脚停在沙枣树下
当瘸腿的马咽下粗糙不堪夏天
迎亲的队伍里有人能掐会算

黄河。逶迤而来的是腾格里长吁短叹——

乌鞘岭以西

乌鞘岭以西:慢慢抬起的是一卷潮湿传说
从武威到张掖、酒泉、嘉峪关
一堆戍卒骨殖、一挂经幡、一条哈达
河西走廊巨大生殖力源于祁连山的雪
它让一个杂种妻妾成群
让一匹母马拥有无限幸福
让一个偷情僧人无地自容
但在秋天的药书里,鬼鬼祟祟的色目商人
建造屋宇,种下胡椒,把长安丝绸
挂在落日指头上
庄重而且轻佻

而阿克塞割礼继续进行,那双充血眼睛
让内地女子感到恐惧
在夜晚,有人睡眠、有人皈依
更有人点亮羊油灯盏,识别字母
恢复一个姓氏尊严,以及
一次茫然婚礼

四　月

四月不远，西海固桃花灿烂
当金山雪莲正在霉暗
从嘉峪关到敦煌、阿克塞，沙漠里的春天
我不想把骆驼的咳嗽变成你失望初恋

那次逃亡的情感埋在风中
那个唾弃鸦片的人，在四月路上
遗失了诗篇。革命的马蹄丧失于一次私通
而胡言乱语的舌苔上真理蔓延

谁能捉住那个闪腰花妖
懒惰飞天，暧昧裙裾壁画里破碎
一个惊慌失措的人
他的脚步来自偷情灯盏

但老牛的车速，惊醒了海西州落寞冬天
牧草枯黄，牛羊瘦小
一次长长喇叭声
让青海湖湟鱼，梦醒一年

月牙泉的传说

仓皇飞天裹紧西去裙裾，月光的琴
击打一地沙粒。那个念念有词的人
热烈地理在一盏羊油灯下彻底曝光

十八世纪意大利游客，日本古董商，俄罗斯土匪
贼眉鼠眼的夜晚接二连三
他们的胡须里藏着飞天的腋毛

月牙泉边，沙漠宗教开始废弃
青海棒客和张掖酒鬼集体打赌
谁能用一堆发黄旧书烤熟一只羊腿

而萧条芦苇上，落单的雁喝下一片净水
远方就是故乡，但懒散的云驮不动怀念的翅膀
它学会打坐，念诵佛号以及自身超度

如果你的朗诵过于直白，请使用古老梵语
大英博物馆人声沸腾。一次豪华庆典
西藏僧人在敦煌门前念响咒语

月牙泉边，一个囚犯的罪名来自鸦片
他脚步凌乱，踉跄语言
一路说到突厥的天山

俄博的午后

俄博的午后,一丛狼毒花繁衍着罪恶
它热烈,阴郁,像情欲饱满的突厥女子
在陌生的草原上展开欲望身子
这暗藏阴谋
让一阵风改变了原来方向

俄博的午后,马蹄上光阴让一个人慢慢老去
那个唐古特部落二道贩子,马背驮盐
换取尧熬尔人的羊皮
安静的肃南街道上
一个醉醺醺杂种唱着民谣

俄博,我失散多年的远方兄弟
在歌手铁穆尔帐篷里
一个流浪西海固穆斯林后裔
倾听他苍老而忧伤声音
古歌呦呦,古歌呦呦
一辆爬坡拖拉机,让我听风
祁连山已暮色苍茫

落花流水

桃花垂首,奔跑的是一地哀伤亡灵
我无法克制一生悲哀
请让月光肃穆
请让一川江水倒流
面对曾经写下的诗句——
一世恩情从一朵桃花开始
这浩大恩情啊……
我无言歌声
已随远逝流水悄然寂灭

掘地三尺,谁能把我的名字唤醒
谁能把一个季节尖叫化为平静

那高高在上枝头啊
我们承接了一生雨水
却承接不到一生爱情

幻象与影子

一棵木槿树，三十六朵怒放的木槿花
时光马车运走它坚硬骨头

一只斑头老雁，身后三十六个无知孩子
惊悚发现有一双翅膀已破烂不堪

我对着镜子，看见三十六个影子和窗外光线
阅读着一些大地上的事情

我捧起一颗有毒黑蘑菇，三十六个发霉斑点
请问：又有谁能说出它曾经的白

我慢慢清理三十六具风干肉体
它拒绝回忆——它总是喊着：痛

所以啊朋友，请不要吵醒我已丢失的三十六个灵魂
否则他们会在黑夜窗前轻唤你的名字

塔尔寺：一枚落叶

一枚落叶打在头顶
一百零八颗露珠打湿风尘面容

塔尔寺,金碧辉煌殿堂之侧
一棵树诠释着秋天内容
此时,如果一匹马在黄昏里奔走
如果一个人在沉思中仰望
瞬间坠落中,你会听到
十万狮吼,十万般若诵
让广大安多在风雪中享受安详

一枚落叶里写满风的语言
一个疲惫灵魂曾经黯然神伤

塔尔寺,如来八塔静静翘首
一枚落叶打在我的头顶
这样的碰撞,我竟看到
一个人一生情形,如落叶面孔
十万藏文字布满经脉
十万藏文字母,十万佛像
十万次微笑安慰平生

那飞翔的空行母啊,一如遥远飞天
在近如咫尺的塔尔寺
一枚落叶竟让我茫然
我只需要其中的一个
在浪迹天涯日子里
请引领,那一灯如豆的光芒
和冉冉升起的孤独火焰

在山丹

山丹丹花开红艳艳，山丹日月分明
白天山丹丹花儿红
夜晚时候，谁醉卧秋风
为阏氏姐姐销魂

羊群走过草场，哀鸿遍野
可汗金帐点兵
嘚嘚马蹄如鼓啊
我摘一朵山丹丹花，插在
匈奴勇士佩刀上

而我只是一个牧人，在山丹
我唯一的财富是
看
山外的山
天外的天

抓喜秀龙草原的午后

它用热烈修饰灿烂，走马的消息
沸腾在牧人的风干肉里
草尖上，格萨尔的伤口
让政协秘书长扎西尼玛的解说有些慌乱

这是抓喜秀龙草原，青藏高原最东端
几丛苏鲁梅朵私下里开会
商议着茶马交易，以及一匹失败走马
满脸羞愧躲进青稞阴影

柔旦尕擦寺院，鲜花颂唱，这些
阳光与风的子民，绽放神圣之美
念经的阿卡，放下经书，喝一碗酥油茶
听着汽车喇叭声，会心一笑

来自远方的方方，惊讶看着走马的脚步
她实在想不通，马踏飞燕造型
竟藏在抓喜秀龙草丛中
让约会蜜蜂，高声朗诵一首情诗

午后。抓喜秀龙草原。万物生长——
我醉卧阳光手掌，磨牙

回到章嘉活佛万人空巷讲台下

静听相思一章

马蹄寺

一群麻雀点名批判纷乱大雪
难道是天空破坏了早餐秩序
还是一炷丧心病狂的香火
让屋顶的白
回到原来的青

马蹄寺台阶上，一场雪掩盖了
法显脚印
鸠摩罗什舌头
和一个初生婴儿的姓名

这一切都不重要，重要的是
有一双中年老寒腿蹒跚而来
向马有才学习西凉谣曲
从才旺东珠口里偷走藏花儿

马蹄寺。一群麻雀让雪地更白
一个衰老张掖僧人，一袭灰袍
和我讨论叙利亚战争
以及雪与春天的轮回

马鞭草盛开在骊靬人的后花园

一地小小的蓝，带着渴望和想象
盛开在宋国荣家的后花园
他青灰色眼睛被马鞭草的蓝
照出一汪泪。瞩目向西，再向西
从帕米尔高原、两河流域、地中海
仿佛有故人在古罗马斗兽场寻找失散亲人

这位甘肃省永昌县文化馆普通职员
一头红黄卷曲长发，飘零在寂寂风中
他在推演自己家史和种族血脉
但群山、戈壁、大漠、绿洲，不经意间
阻隔了气若游丝的一脉残线

他知道，父亲的父亲，就在这里种田、放羊
永昌县者来寨的一瓦屋檐下
歇息着马帮、驼队、以物易物的贩子
令人疑惑的语言让正午阳光焦黄

而古老史册里，印度人、波斯人，罗马人，突厥人
西去匈奴和东来商旅
在者来寨种下胡萝卜、葡萄、花椒树

宋国荣研究着一门生僻的学问——
自己的肤色、眼睛、头发，还有面容的来历

（2015年的夏天，文化馆员宋国荣和几个意大利记者在一地马鞭草旁，喝着威士忌，讨论着古罗马军团的消失之谜，以及者来寨骊靬人的来龙去脉）

华藏寺

白牦牛广场。华藏寺仅占西南小小一角
它甚至被人忽略
如果不是晨起老者来煨桑
小小桑烟肯定被认为
几个游方僧捣弄早饭的结果

这里绝对适合我这样的旅行者
用大把的时间停留、驻足
把拥挤的心安妥下来
看几只鸟雀啄食供品
看几缕桑烟，被广场上
晨练大妈挥舞的扇子
扇得惊慌失措

华藏寺。小小神殿里
端坐小小的佛
三个朝拜者
一个来自青藏高原
一个来自蒙古高原
一个来自黄土高原
念叨着口味不同的祷告词
转着经筒

唯有一个来自黑龙江的萨满信徒
在树阴下，一言不发

长短句：蓝调合唱

临夏断章

一

躲在杏花里的古河州，修辞春天
一件过冬的老羊皮大衣
让广河街道显得陈旧、摇摆
但毕竟杏花开了，蜜蜂逐香而来
它们说着东乡话、撒拉话、藏话
各取所需，把害羞的花骨朵
说得心跳不已

一抹酡红，一抹霞紫
两种颜色的春天
多像放羊的法图麦
怀有心事的脸蛋

二

一朵荷花，盛开在砖头里
马古拜家的门楼上
浇灌荷花的是
吹过临夏的风

那个寡言东乡手艺人
在一块砖头上
一刀一刀,剜掉相思
也剜空自己

三

一家撒拉族尕面片饭馆
两个黑盖头姐姐
在一锅开怀大笑的沸水里
打点营生

哲人王素福说
“日子就是下一锅面
汤少了,再加些水
再少了
再加些水。”

四

秋风劲
秋风吹着阿爷的胡子
一头拴在老榆树下的骆驼
看着西天
打了个响鼻

满腹经纶的阿爷知道

这头思想的骆驼
应当卧在中亚细亚草原上

五

临夏,我一无所有,衣袋空空

但我看见
阿哥的口袋里有个油香
阿哥的脖子上挂着个红绳绳
阿哥的手腕上套着个银圈圈
阿哥的院子里,几个称兄道弟的回回
冲着天空大笑

四个阿妹,四朵牡丹
她们分别叫——
红牡丹
黑牡丹
白牡丹
绿牡丹

阿哥的肉呀
我送你油香
送你红绳绳
送你银圈圈
送你一碗稠稠的幽怨

阿哥的肉呀
前半夜想你（者）睡不着
干脆起来，趁着麻驴的夜色去
但就怕
狗咬哩
你妈打哩

六

古河州郊外，野花叹息
拾掇女红的大二艺术系女学生
学习涂抹胭脂

胭脂，胭脂
那一抹醉人的红
红得
让人心碎

经过古河州，我只向
那千红万绿
轻轻一拜

七

风念经
云跪拜
我忏悔

离匆匆行人远些
和一池秋水近些

祖国的屋檐下
我和东乡族诗人汪玉良
谈古论今

金昌：五节铭文上庄语

一、命 运

两座高原的堆垒：吐蕃的雪域草原，成吉思汗的蒙古高原
淹没的马蹄隐匿进壁画，连同吐火罗文、西夏文、粟特文
李元昊睡梦中的女子，失魂落魄于巴丹吉林边缘
而金川郊野，一株麦田里的向日葵，发疯摆首
一次命运的功课，发生于破伤风的午后——
她在抒写金属的撞击、羌乐、鹰舞以及波斯商人的见闻
当月光笼罩金昌，当工业主义的草书挂在迎风的马车上
矿山深处，两只谈情说爱的蜥蜴
蜷缩在芨芨草下，用彼此的体温取暖

二、历 史

一群逃亡的人，深目棕发
肯定有一条返回的路通往罗马
一群战争爱好者，操练兵阵
肯定有一束目光跟随落日阖上

广场上的雕塑
个头比汉人高些
吃草的坐骑

比蒙古马小些

永昌县者来寨村
正在挖土豆的骊靬人
不谈祖国
说着拐弯抹角的汉语

三、民 间

三两个卦婆子
黑衣、黑帽、黑布鞋
她们使用漆黑的古语
引来村道旁蠢蠢欲动的黄狗
奇诡地看着

这些东方的吉普赛人
背着黑布包
走村串巷

三两个卦婆子
靠星星引路
用几根冰草
打算光阴

四、经 石

一块经石，一方刻在大地上的宗教徽章

陌生的谈话在不经意间集合
八思巴的蒙古文，超度着一个种族的命运
仓央嘉措的情歌旁，注释着尊严的藏文字母
落荒而逃的党项，撰载死亡建筑
而六个锈迹斑斑的繁体字
是一个流放的中原人
完成一次深刻

金昌。一块石头上的四种文字
它仿佛是对命运的彻底嘲弄
我只是在那块经石里
顺手拿走墓志铭

五、现 实

巴丹吉林沙漠：几只玩耍的蚂蚁
烫伤了脚
一副硕大驼骨旁长满沙葱

当我醉卧白琪琪格帐房时
花心的古马
在月光下胡乱转悠

五十行次生的颂歌以及一幅水墨

一

太阳从贺兰山上升起。神啊，你热烈的图腾
照耀着牛羊的地理和水稻小麦的族谱
从汉渠到唐渠，革命的铧犁上稻麦流淌，奶香四溢
英雄的拓拔远走戈壁，建造屋宇，留下神圣的字母和功绩
西夏王陵博物馆，巨型乳房女人的膝下，养育着失败的灵魂
而在一个元人的诗典里，写下嘲笑和讥讽
他赞美腾格里上空的鹰，马刀以及无限的疆场
在汉长城下醉生梦死，胡言乱语

那个阵容庞大的宁夏艺校学生，排练《月上贺兰》
她们猎鹿、骑马、射箭，在一片树阴下学习谈情说爱

二

古丝绸之路。一个吼着秦腔的人吞云驾雾，马步流星
二两锅烧，半块羊骨，然后是美死人的热炕头

一辆装满土豆的拖拉机，吭哧吭哧从左公柳下经过
黑脸的主人一定清楚，今晚的面片子会稠稠地舀上

在六盘山上登高望远，甘肃静宁的戏班子声嘶力竭
而萧关的梯田里，泾源的花儿歌手和米岗山的女子商量私奔

你千万不能忧郁，否则杨建虎会在雨巷里朗诵再别康桥
他的身后是一群吆三喝四热爱诗歌的粉丝

古丝绸之路。我发霉的手指翻阅地方志
记录下长城、烽燧、断剑，以及一章历史泥泞的灰烬

三

几个西海固民工，在银川街头东张西望
五颜六色的广告牌和宽阔的马路让他们惊慌失措
啃着干粮，喝着凉水，寻找养命的生计
他们全部的热爱，是把全部的钱寄给外地念书的孩子

但是兄弟，你得躲开城管和穿制服的人
你今夜在广场上的睡眠会被捣乱
你低三下四，像一群没有家园的流浪汉点头哈腰
你所有的希望是好好睡觉，有个好身板搬砖运沙

当我说着普通话从银川经过的时候，突然发现
几个似曾相识的民工对我指指点点

四

在泾源的小摊上啃吃羊头，在吴忠喝西夏啤酒

在中卫的羊皮筏子上唱读一幅大麦地岩画的拓片
虚伪的明月不会寄走你对一个人的思念

乘火车到鄂尔多斯唱蒙古长调,沿高速公路到兰州听河西小调
到蓝天白云的西安吼一折火辣辣的关中眉户
南腔北调的话语里有人到处称兄道弟

宁夏。我的一卷长文才写完五十个页码,它神秘,直白
从一场祭祀开始
六月采薇七月流火八月胡天即飞雪
祖国的屋檐下一组逗号滴落下来

五

沐手写经
明月明月
无字阅卷
日头日头
哎呀,拔了糜子拔胡麻————

花儿不唱者心乏哩
好日子过了想哩
我在宁夏南山哩
你在宁夏北川
哎呀,参差荇菜,沟里担水————

胭脂峡·古歌

失我祁连山,使我六畜不蕃息
失我焉支山,使我嫁妇无颜色
——匈奴的箴歌

一

马骨连着马骨,帝国的疆土广漠远大
羊皮缝着羊皮,一根鱼翅串起北中国风雪中的温暖
男人爱刀,女人爱美
焉支部落迁徙的身影吆
——朵朵马蹄莲下必定暗藏着胡茄咏叹

飞身打马过黄河
胭脂峡,芨芨草疯长季节里
一个睡眠中的女人拥抱着爱情
他摘下一朵红蓝花,敷面映月
他把一个美好夜晚献给部落的王

二

大风掩藏着部落踪迹
胭脂河汹涌着一层神秘绛红色

芬芳若兰，一如神秘咒语
——向西，向西
一个刚刚降生的婴儿开口说话

——苍天啊，请收下我们祭献的羊群、驼峰
神灵啊，请祁连山上雪莲的光芒把我们引领

胭脂峡，这里是红蓝花的灾难
女人拯救着面容
男人拯救着马匹
一把刀子吹沙成石

三

没有比太阳更忠实的奴仆
我们的女子沦为他人的婆娘

仿佛看见迟暮的美，一次破伤风
让所有女人失魂落魄

她们采来了胭脂
我们带来了死亡

四

一卷刻在羊皮上的卜辞，隐隐地
说着什么

一个穷人家的女儿，默诵箴言
她怀抱着一只奄奄一息的羔羊
胭脂峡，匍匐在河边朝觐的花蝴蝶
胡风掠走了美丽图案
也带走了一个种族梦想

五

仿佛又听到那雷鸣般泣血吟唱
——失我祁连山，使我六畜不藩息
失我胭脂山，使我妇女无颜色

在胭脂峡，我像一个丢失了家园的孩子
喊叫着一棵树的名字
我的马匹呢？
我的羊群呢？
还有那个美颜的女子今生安在？

六

我只是安静叙述着一段秘密
我一不小心就撞开了古匈奴封闭大门

青海：风吹天堂

一

这个时代的疾病源于询问，这个暧昧早晨
当毒汁四溢的花朵在秋天胸脯上开始灿烂
当玉带缠身草原逼近内心
青海:现实的八月在我脚下越拉越长
雪山啊——
草地啊——
河流啊——
这些伟大独白开始流行
众神之山在我的仰望里接近天空，接近混浊
接近神仙与凡人的爱情
我只选择一次逃离，一次唾弃
当越野车穿过固原，兰州，西宁
沿着文成公主失眠道路
我只是记下:果洛的格桑，玉树的虫草……

二

三个背水姑娘，说说笑笑，她们的名字分别叫
卓玛，卓玛，卓玛。她们奇异看着我
就像我这个貌似汉人的伊斯兰后裔

晃荡在黑帐篷的和白帐篷之间，用奇异笔触
打量着现实生活
而那个最小的卓玛，用艺术般的手
拍打出代代相传牛粪饼时
它多像我发表在正规刊物上的一首首诗
那么严肃地和众生打着招呼

我吻了小卓玛的手
似乎品尝到牧草和青稞醇香

三

勒巴沟。一条流淌文字的河
集体膜拜和嘹亮流水共同完成美学构图

山嘛呢，水嘛呢，风嘛呢，冰嘛呢
2009 年 8 月的六字真言为一朵凋零莲花默祷

文成公主歇脚的石头上，秃头的嘎玛旦增口若悬河
口水四溅讲解着一截破烂历史和刻石人传说

像一个破产商人，回忆辉煌
失败的黄金变成了门牙，照出一道醒目佛光

一群部落的牦牛啃食勒巴沟青草，它们学富五车
怀揣佛陀秘密拒绝说话

这个混浊人世啊，需要遍地的文字来提醒
这些遍地文字啊，需要底层的人们来敲打

一些僧侣，奴隶，商贾从这里走过
一个出嫁新娘从这里走过

当我灰暗理想从这里出发，当全部的知识被指正为错误
一只乌鸦在我的头顶拉下忏悔的粪便

四

暮年诗篇长在巴颜喀拉山上
两个热爱艺术的积极分子，在散步、偷窥、合影

破损经幡，风马旗以及飞扬龙达
卡车司机肃穆地献上石头，哈达，获取前途安宁

佛风浩荡的巴颜喀拉，内心躁动
山下的寺院里仁波切在讲经。而索南求措捣弄明天的酥油茶

和生活如此接近，如同深陷羊群似的云朵
比如炊烟，比如草垛——

我知道那些光明河流会洗涤错误
那些有罪的人，会在巴颜喀拉山上失声痛哭

如果此刻给心上人打个电话，发送一个轻佻的信息

仓央嘉措会说:“我的两小无猜的情人,知心话没完没了。”

我热爱的珠姆生活在《格萨尔》里,我生活在二十一世纪
巴颜喀拉作证我们昨夜秘密

而星宿高高在上,激烈辩论和争吵
引来一阵犬吠,熄灭公路上的灯光

五

“大石头根里的清泉水,
哇里麻曲通果洛;
我这里想你着没法儿,
却干内曲依果洛。”

“清茶不喝奶茶喝,
渴死了凉水甭喝;
有啥冤枉给我说,
亏死了给旁人甭说。”

“她家的酸奶真个酸,
索亚家的酸奶甜;
见到你时不言喘,
见到索亚就说不完。”

“珍珠玛瑙我不要,
要的是尕日子红火;

她的曲拉我不吃，
要的是大眼睛闪着。”

“玉树的牦牛果洛的羊，
活佛的日子好了；
东家的帐篷西家的房，
我的心上人老了。”

六

一朵干燥藏雪莲，藏在结吉镇寂寞货架上
一次低声谈话记录在史诗传唱者琴弦上
一捧泥泞青藏上端坐着败北的王

一本《词语奔跑》抵不上醉酒后闲谈
一次伟大行旅不及一次远望
一个城市苦思冥想者不如山中疾行者的彻悟

一些拯救，一些毁灭
一方公开的杂多县藏医院药方
一个藏羚羊头骨在古玩店墙壁上睁开眼睛

一次吐蕃征服，一幅唐卡绘制完毕
一张毁坏的契约放弃了结盟
一个造反僧尼兴高采烈走上天葬台

一场大型音乐演唱会，一个山沟里歌手

一头胡骚的羝羊翩翩起舞
一群疯狂求偶者打着呼噜

一次公共审判，一册正义书籍
一副假面孔下的真情暴露
一座废墟的土司庄园

一场山神与湖仙的邂逅
一通趾高气扬的胡言乱语
一个疯子朗诵着三年级藏文

七

天上的星星有多少，嘉那嘛呢的石头有多少
地上的草有多少，草边的牛羊有多少
山上的河流有多少，石头上的文字有多少
世上的人有多少，寺院里的经筒有多少

风吹草低，流浪的云朵罩着羊圈
识文断字喇嘛留下一道背影
这是茶马古道的嘉那嘛呢。嘉那嘛呢——
转经人群里，藏着呐喊的六字真言

谁让我端坐内心向你倾诉
谁让我不远万里为了带走一块石头
在世界吉尼斯纪录里，不计其数嘛呢石刻
大爱无边拥挤在一起

而在我堆垒的书架上
那块红色嘛呢石
一如静默灵魂
无言注视着我日夜写下的黑白文字

八

雪山下,铁皮锅里煮着沸腾羊肋巴
雪山下,最小的女儿睡梦里磨牙

玉树草原包围在绝望的篮里
我一袭红衫
钻进黑暗
一如偷情银匠
那腐烂银子
透开毡房

仿佛一座意义之塔訇然倒塌
仿佛在一个俗人身上抽取舍利

雪山下,狂奔蚂蚁突然掉头
捡拾遗失精子

九

扎陵湖旁。扎陵湖乡政府社会治安综合治理大会
正在草原上召开

四面八方牧民骑着骏马、摩托
围在两辆轿车扯起的会标前
认真倾听

但不时有些声音
与领导讲话的音调不合拍——
咳嗽声
吐痰声
咀嚼声
放屁声……

事实上,我听懂了后面的声音
但对领导字正腔圆藏语发言
一个字也没有听懂

十

将最后投影献给鄂陵湖
将微小的盐献给鄂陵湖
将一次呈现献给鄂陵湖
将脑溢血的午后献给鄂陵湖——
假如那些天鹅、斑头雁为真理祭献,为自由的歌唱而毁灭

鄂陵湖边:集体朗诵戛然而止
鄂陵湖边:空洞抒情被阳光风干
鄂陵湖边:日月乳房嗷嗷待哺
鄂陵湖边:一种忧伤在思念中黯然——

假如那些羚羊、野驴奔跑的美在大地上重现

十一

杂多夜晚，什么时候
澜沧江带着雪山的问候抵达海洋
什么时候，我的热爱被月光唤醒

鹰在睡眠
一堆枯燥古藏文字母
在酥油灯下重焕意义

雪线上苦恼的母豹，东张西望
它带着繁衍与牺牲火焰
阅读经书

比如莫云乡政府统计员尕措，摇头晃脑
手转经筒
俨然一副乡长气度

因此，冷风吹过零度街衢
不火不愠
不火不愠的是雪豹的目光和尕措的神情

因此，可可西里边缘
食草者与食肉者都在法律鞭下
四季招供

只是一颗流星划过广阔
一台藏历新年晚会，播到现在
一个穿着羊皮大衣人，修改隔年文件

杂多县莫云乡夜晚
尕措老婆在黑暗中看着藏银
我在月光下纠正自己潦草诗行

这是生活功课——
一棵夏草走向冬虫，需要速度和耐心
一束弯曲月光，需要爱情去扶植

在冰冷潮湿的床上，我想
月光啊，请把三分温暖给我一夜
请把七分光明赐予天荒地老生灵

十二

三江在上。下游是肤色不同的儿女
这地球上最高河流，穿过东方
东方辽阔——
那些印度人，藏人，撒拉人，汉人……
一同在河边斋戒，沐浴，捕捞……

2009 年 8 月，我带着一身露水和泥泞
穿过草地
一首清凉歌曲，被鸭群、游鱼、猎鹰

带向不同地方

三江在上。谁手捧黎明的心跳
三江在上。谁看见经幡四面微笑

我忍住泪水抱着风
抱着风中失散姐妹
抱着风中失散姐妹身子
抱着风中失散姐妹身子残香
抱着疼
哎呀……

十三

扎青路边。一截路
被雪山之魂抽刀断水

几个连手
吉喜图金、欠沙吉、智王德在填土，改水

他们的女人
拖着袍子，提着干粮和茶
蹒跚走向工地

那些排成长龙的小轿车旁
衣冠楚楚的男人
一脸沮丧

一脸羡慕

只是一条被水冲断的道路
在吉喜图金们的生活中习以为常
有吃
也有喝

但那些衣冠楚楚男人旁
怨天尤人的美女
咒骂着天气
和这个陌生地方

十四

阳光不再，黑夜透明
天葬台边怀揣青草的牦牛
害羞地
不敢和别人打招呼

天葬师昂旺看到了一切
他不说
他永远不说
他把秘密带给葬他的鹰

那头牦牛在湖边饮水
愧疚喝下一波又一波的波纹

那一道鞭子阴影
一遍又一遍
抽在落日肩膀上

十五

千万不能叫太阳抽风
经书上说
千万不能让雪发情
经书上说
千万不能容忍美女走近别人帐房
仓央嘉措说

人世间菩萨啊
我热爱你这样普度众生的方式

十六

青海,风吹天堂——

提一袋黄土高原贱命的土,盖在车毁的草皮上——
幸福来了

宗教哲学里贩卖羊肉,捣弄盐巴——
真理自由
结多小镇上,维吾尔人烤肉生意兴隆——
草木盛开

我凌乱笔记里，青海，风吹天堂
风吹天堂，青海，在我凌乱笔记里

如果是冬天，备足的冬肉挂在房梁上
灵魂超度——

如果是秋天，充足奶茶
灭了鲜花——

如果是夏天，你单薄身子
飘着长发——

风吹天堂，青海

谣曲：野地副歌

窑工母子（配画诗）

她把弯下的腰抬起,运送土坯
然后再弯下,运送土坯
如此往复,用自身所能承受的力量
喂养嗷嗷待哺生命

这样的生活日复一日
如果把搬运土坯形容成物质生活
那么,在孩子眼里
那只小布熊,就是天堂

一如我乡村妹妹,在西吉一角
撒种、施肥、除草,收获
她们的命运,又何其相似
我只担心,她们的孩子的将来

母亲的身影（配画诗）

你应当笑了，妈妈
这样一车废品
足以安慰，身体的透支

我们是生活在城市的土拨鼠
——郊区出租房，垃圾箱，废品收购站
多么幸福的三点一线

那个上大学的弟弟，上高中妹妹
还有年迈父母的医药费
就这样一车一车拉进学校和医院

回家（配画诗）

姐姐，就是远在天涯海角
在别人屋檐下讨要生活
疾病，白眼，屈辱——
为了明天，一切都忍了

姐姐，你现在知道
城里不是想象的天堂
一年辛劳，换来的只是
比土里刨食更好一点光阴

姐姐，一年了，春节来了
我们回家，背着一座山
抱着一个希望，再提上一袋慰藉
调剂几天日子的笑

皇天后土（配画诗）

皇天后土下
必须保持对生活的低度
前面是柴草
后面就是世代柴门

天空是一袭的蓝
脚下是厚实的土
土地上长着庄稼、人民——
这些生生不息的物种

这里是地球东方
这是一块埋人好地方
看蚂蚁搬运柴草
看阳光在叶子上睡觉

活着（配画诗）

活下去,必须活下去
面对一万个不幸和痛苦
必须活下去
明天的太阳会照常升起

你活下来的希望是孩子
孩子活下来的理由是你
你祈求的希望是医生
孩子祈求的理由是乳汁

千万别向命运低头
看着我
哪怕孩子喝下的是药味十足的奶
哪怕这一口呼吸十分艰难

西海固：落日的标点

有了爱,才会在乡村的屋檐下梳理忧伤
有了爱,才会在西海固的痛苦里痛苦

怀揣荒凉人世,对着寂寞蔬菜
让西海固感知:我有多么爱你

一轮落日供奉着逗号,秋天西海固
三个换命兄弟叫土豆,马铃薯和洋芋

我的情话里夹杂着炊烟和村落
青春,梦想以及怀疑,包括满含热泪感恩

那是一册年久失修地图
我念叨着一个又一个沟、洼、峁、岔的地名

四十年了,我深深埋藏在你的子宫
四季含伤

星宿之下,遍地都是人民,古今和枯荣
遍地欢乐和一个人辛酸

群山空旷,万物生长

亚细亚的霜落在西海固眉骨上

似乎有些神秘，一群白鸟脚下
野菊花挤破遗弃羊圈

镇山撅头，辟邪的糖，香料里的毒药
那是一群人活在世上信仰

这就是我所理解的西海固
修补院墙，种植粮食，畅想和孤独

在这里，我不想成为一个诗人
那些颂歌，赞美被打入地狱

是的，我多么爱你，当你老了
爱你的无边与清贫

一台野戏结尾必将是灰烬和泥泞
一块大陆之于我肯定是伤心行走

而回望不止。谁会说清
西海固在亚洲位置

那些坚硬历史
那些干旱地理

我所有阅读都是你的背景

我所有文字敲打你失色皮肤

一道闪电，划过秋天漫长成年礼
像一段经文，刻在一个人心里

马渠：羊皮上的斑点

用秋补夏，作为一个诗人
我听见马渠梯田里黑铁哭泣
一群羊经过，漫漫烟尘和灰烬
谁将在失恋的季节摘下果实？谁用一坡日光
淘洗皮肤？谁在等待？来年光阴
长在一树桃花上。谁在大地的病床
包扎幸福伤口
谁用一把谷子，撒在麻雀迁徙路上
又有谁懂得
一棵小树苗栽下又死去

我把马渠形容成破烂羊皮，作为一个诗人
我知道风是刀子，可以杀人
一株芨芨草里，暗怀火炬。如果再叙述
必须让雨水回到天空，让视线回到瞳仁
一辆扶贫小轿车倒回县城。它刹车的刺鸣
惊醒失聪老马。让省报记者
写下获奖新闻
让马有财破败家谱，满篇荣光。让死树
慢慢苏醒。让朝圣者
擦净盛水空瓶

幻觉：梦见大海

这无鱼旱海里，游弋着青铜，断简，骚花儿和火石寨
秦艽，艾，麻黄，打骨草的浪尖上
一个道德模范吼着秦腔
迎着黄沙蔽日的风，打开药箱
慢慢翻晒甲壳虫的胎衣

划上黄土塬孤岛，海风吹拂
苦荞，葵花，谷子和豌豆的香。桃树下
鬼念经。一群仙子得了破伤风
一只抛头颅洒热血的羯羊
兴高采烈走进萧条肉铺，捍卫了正义

选择一次远航，带上杜鹃，乌鸦，土拨鼠和野狐子
仿佛成了诺亚方舟的主人。在黄土汹涌舞台上
一个人独唱
“花儿唱了一辈子，没有遇上好妹子。”
叽里呱啦的伴奏和掌声让动物们熟悉了崖娃娃

如果爱得炽热，一个猛子，扎进大海，降降温
完成华丽转身。于是成了西海固第一个奥运会跳水冠军
那些鲨鱼、海蛇、海狗、海豹微笑着靠近你
多像追债女郎，酒鬼，吸毒者
用无情鞭子把我从梦幻中抽醒

叙事：十四行

我，城里人，偶尔说普通话，像假洋鬼子
不用上溯三代，从爷爷到父亲，都是土里刨食的好手
我小时候填档案时，成分一栏，一直是贫下中农
这让我骄傲了二十年。突然有一天
贫下中农在成分中消失了，竟有些不适应
感谢自己聪明脑袋，考上大学，参加工作
这让邻居王爷感慨："你月月有个麦子黄
我家牛蛋啊，世下就是种地的，天旱
就麻烦了……"
我的成功经历教育着从八十岁老汉到咿呀学语的娃娃
都说我在外面当官，吃皇粮，坐小轿车
办公室里有说洋话的女秘书，像电影里的国民党
天堂是啥样子，我的生活就是啥样子……

哎！每次回到故乡，我得假装有钱有势，否则对不起全村一百多口子男女老少，对不起我的一嘴假牙，因为真牙全都咽到肚子里了……

六月六：冒烟的石头

日头太亮
大地上的事情
日头不懂

六月六的草与禾苗
渴得要命
更重要的是
一堆吞云吐雾石头旁
狐狸拔毛
蛇蜕皮

六月六的日头
它的哲学是
让石头冒烟
至于别的
那是月亮的事情

殇：四行诗

在雨水里兑上伤心
哗啦啦淌下的是玫瑰汤和牛奶发酵声音

一匹贪得无厌的马踏过花朵
蹄子上肯定沾满苍蝇和蚊子的血

发现：一次写生

一匹白马的故乡在漆黑的煤里
一段大开大合阖阅历在纷乱头发里
一场雨的开始在病房咳嗽里
一部爱情小说的起源在童年性幻想里

比流水更瘦,比黄花更黄的是
一把老骨头
老得让时间唏嘘了一声

断垣：鹰翅上的春天

丧失了配偶的春天卸下力，的确，东风无力
当焦灼内心敲击字母
一串经历，虚构出失魂落魄的审判与呵斥

在秦长城西侧
三亩小麦。五亩玉米，那个祖传手艺的铁匠
种下一地惶恐和内疚

守着落日，看一只鹰唾弃黄昏
它滑行曲线
是一个村小的求知者面对隶书

比如说林则徐，谭嗣同，范仲淹
他们寂寞背影
在乏力的西海固留下神圣

我在这个春天昏昏欲睡
我所遗忘的
是一只鹰投在大地上的阴影

河：被遗弃的词汇

仿佛是面对丧心病狂的抽象，在西海固
没有人会具体描绘河的骨殖

这一册破碎山河，以及云朵的虚无
我的字典里写下祈雨，枯竭，流放，还有土浴

是的，当希特勒遇到雷锋，当悲愤驴子
在碱滩上寻觅发泄爱情

三个割草女子，三个红脸蛋
三个移动小黑点

那些蛤蟆不是歌唱，而是痛诉生活史
一泉苦水胜黄连——

如果说起葫芦河，清水河，苋麻河……
虔诚人们，会举起回忆双手

千万不能要求封山禁牧的牛羊
探讨对河的感受

一首发表在《固原日报》上的赞美诗

肯定是伪浪漫主义者想升官发财的勾当

是的，当释迦牟尼遇到庄子，他们神秘一笑
他们不说

仿佛是不能怀孕的宫妃，打发寂寞
一册失败天书悬挂在地球腰带上

但在雨后，我画下的河是马蒂斯混蛋逻辑
是天堂里的精神病患者玩耍尿泥

辽阔的亚洲腹部，我睡梦中的救世方舟
不过是一把舀水铁勺

宁夏偏南，一部小说线索
绝对与河无关

半个月亮

半个月亮爬上来，半个丢失信仰的灵魂
它黑暗乳房里传来胎儿痛哭

这是城乡结合部的月亮，如果它的洼地里长满谷子
无疑是错误雨水背叛了村庄

半个月亮照着西海固，半本残缺课本
晴朗的朗诵之后，内心扭曲阴阳画着鬼符

我走在背阴小路上，怀揣爱情、自由
奔向光明柴屋，尽管带着露水和霜

这个神圣暗夜，半个月亮疾病缠身
只有时光，会治疗我经年忧伤

半个月亮爬上来，爬上我中年肩膀
我两手空空，一无所有

一群候鸟从村庄飞过

带着青春、自由、理想，一群候鸟从村庄飞过——

秋后村庄，显得微凉、破碎、略有湿气
谢顶向日葵，风干高粱，神经错乱打骨草
这些相依为命的穷人，神态窘迫
像我乡下姐姐，低着头，摸着粗布衣裳
当候鸟从村庄飞过的时候，河水枯黄
大地空旷。就连瘦骨嶙峋蚂蚁
躲在一丛冰草下，晒晒太阳，然后
吐一口痰，灰心丧气地串亲戚，敲门时喊道
秋深了，大地空旷的像万人墓场

唯有山顶的那株树，见过世面。风吹过
叶子纷纷落地，正是候鸟歇脚好地方
北风那个吹啊，一声咳嗽，惊飞了最小的鸟
叽叽喳喳的扶贫研讨会停止了，惊慌失措地
思念故乡。“这是鸵鸟战斗过的地方，革命老区啊，青年们……”
头鸟的总结发言，教育着翅膀下长大的候鸟
是啊，候鸟要回家，毕竟是候鸟，故乡有
鸬鹚、朱鹮、丹顶鹤，还有留洋归来的鹦鹉
哪像麻雀、乌鸦、灰喜鹊，有代沟啊

一群候鸟从村庄飞过，带着理想、自由、青春——

中宁：血一样的枸杞

我必须接受这样的事实:血红
我必须承受这样的洗礼:血红

我看见两个相爱的人捧着心
两个相爱的人,从东到西,从南到北
一步一步靠近

我肯定被这糊涂的场景热泪盈眶
互相搀扶的人,携带彼此体温

我知道那些颜色属于太阳和月亮
这柔软、梦呓,被风催促的舞蹈
拍打着高潮
甚至零点零一的眺望
都在绯红叶片上
三两声唏嘘

如果要表白,就需要耐心,醉魂
但一定要把光阴掰成两半
一瓣向阳,一瓣面阴
陈旧的家谱里一定记载:
血色黄昏——

血一样的悲怆
血一样的怅惘

是的，霜降之后，有空位悲哀

西夏王陵：巨型乳房的女人

哪里有压迫，哪里就有反抗
不信，西夏王陵巨型乳房的女人
暴怒的牙
就是证明

凭风倚栏独吟词
一个风度翩翩汉人
搅碎一夜胡天羌地的梦境

咦呀，种稻、缝皮、挤奶——
咦呀，一堆阳光狠狠地砸在皮肤上——

蔬菜味的汉人
字正方圆的汉人
命里的汉人
鹰翅下的汉人

后来，我的汉人朋友阿信在西夏王陵说
鹰在它漫长的一生中
总共遇过三个人
佛陀、成吉思汗、希特勒
而这三个人

可曾梦见
我在银川的苦命姐姐

打倒一切吃里扒外的东西
什么叫牛鬼蛇神
王陵的底座下
我那巨型乳房姐姐
是否永世不得翻身

每次经过西夏王陵时候
冥冥之中
有人叫魂

银川：太阳从岩石上升起

那根驱日的鞭子
藏在贺兰山肋骨里
太阳神啊，你的微笑
被冬天的风
抽歪

那些羊群、马匹、射箭的人
哎呀
那些想成为奴隶的家伙
在一块岩石下
鬼鬼祟祟

那个部落外交官，形容憔悴
一部命运之书，毁于游戏——
一次谈判的伪史
一群可疑的读者

太阳从贺兰山上升起
又落下
恍恍惚惚
噫
八百里的贺兰山，八百里姓氏的徽章

整齐拓在

落日栖息地方

灵武：一个叫梧桐树的乡镇

我甚至无耻地爱上梧桐树乡
这个在南京大街上随处可见的植物——
原谅我的无知。对于一个
久居西海固的人来说，记忆深刻
当我醉卧他乡的时候
突然发现，这个让我感动的乡镇
我必须对它温文尔雅，一副君子之气
就像面对咖啡、披萨、热狗一类的食物
尽管没有吃过，喝过
但我依然敬畏
有时想，攒点钱，出出国
被人家狠狠地殖民几次
至少能对得起眼睛和胃

我会这样称呼：梧桐树——但轻轻地
但不会对苹果树、杏树、山毛桃树有任何轻视
从黎明到黄昏，从黄昏到黎明
那些经受沙尘暴的梧桐树
是否和它的法国祖先一样
与花草为邻
鸟雀相伴

一个无知的人经过梧桐树乡
口喷大蒜
满脸洋气
那个幸福啊——

青铜峡：恢宏如歌

白昼寂寂。一水寂寞流过一百零八塔
涅槃的光明，似乎带着葳蕤问候
不周山(牛首山)的头颅俯视夏日平原

一树寂寞之花，盛开于夜来风雨
青铜雕塑立于黄河岸边
仿佛亘古之呜咽，仿佛金戈铁马入梦来
铿锵西夏鼓乐
电喇叭里女播音员的叙述略带膻腥

而中华黄河圣坛，一如寂寂千年史
断简残碑的缝隙，隐隐有贩夫走卒口传之语
被铭勒
渡口。采诗官的脚印已走成大道
青龙、白虎、朱雀、玄武用普通话朗诵：
厚德载物

一个禁口的游客
血热——

永宁：回乡风情园旁

一个缠头回回
两个缠头回回
三个缠头回回
……
如果是一群回回在黄昏叩首
他们是在治疗颈椎病吗?
不,他们目光向西
肯定是一群热爱月光的人
他们困顿于心灵,困顿于觉醒
这些往复的功课
日复一日
解放着自己的身体

首座。纳姓的老者,西亚胡人后裔
元代移民
老人的天方夜谭穿过一千零一夜

……
一千零一夜的世事充满宽宥

吴忠：金积堡

报晓金鸡被贼超度
不然，积聚于七层毡上的血
何曾偷换概念
一声一声
泊于兵戈中的鸣叫
让 1871 年的东方地平线
燃烧

一句東海达依·赛义德的预言
使四十年后的金鸡堡
鸡鸣狗叫
夜夜炊烟

正义的小
往往来自良心的大

中卫：花儿的唱法

把日子过得简单些
闲了，看看远方
吃酒，喝茶
看一群羊
从山上走过
学学那个著名的苏武
怀抱使节
躺在树阴下
怀念一次祖国

如果日子苦些
打碎牙吞进肚里
再不济
对着卖酿皮的婆娘
吼几句
“头割下不过碗大的疤
不死了就这个唱法。”

圣源堂

——给海源

艾叶生香,一根穿经走络的银针
寻找疾病
一个慵懒的早晨在西吉南城路上打着哈欠

一幅李炬的漫画,被秘密唱读
四面八方的消息挡住了风的去路
乾坤之下,一双从盲人培训班毕业的手开始革命

那个臃肿的商人,挥霍光阴
他的烦恼来自贪得无厌
他沮丧的目光徘徊在南城路上

他开始关注一场葬礼,一次生与死的对话
甚至羡慕贫穷的晨练者
他把希望存进圣源堂

比如对幸福的设计——
他肯定会说,假如生活是一个蜜罐
一定要随身带一杯苦水

而在西吉南城路上,那个叫海源的按摩师
出卖手艺,收购有限的生活

慢理条斯的话语携带太极

口若悬河的羊皮贩子，一脸虔诚
在圣源堂前轻声慢语
一次经历让他获知生活的秘密

可是主啊，别让我出现在圣源堂门口
我热爱生命，还有青春
我用一把刀子早已剜去了心灵的顽疾

萧关：风起烟飞

那是陈旧的风了
吹着几首很瘦的唐诗
遍体鳞伤地
从地平线的东方蹒跚走来

而风中疾行的是
戍卒、商贾、流放者和杂耍的小丑
就连黄寡妇的酸曲儿
都被风吹到身后
他们仓皇的呼吸
是赶在落日沉沦之前
拯救另一次落日

萧关古道:一个黑夜吟诗的孤儿
他的亲人远在亚细亚的麦田里
锄草、驯鹰。没事的时候
抬头看看天空,看看雁阵
就知道
秋深了
黄酒醒了

六盘山

一群戍边的人
岑参知道

边塞遇到知已的心情
王维知道

一个流放者的脚步声
林则徐知道

红旗的颜色
毛泽东知道

六盘山的背影
张承志知道

而我仅仅知道
六盘山上——

风吹过
云就散了

东岳山：雪夜

暮鼓响起的时候
我被迫上了东岳山
身后，七扭八歪的脚印
像宋朝的朦胧诗
酒气熏天

我愤愤不平于这肥胖的身体
瘦骨嶙峋的简体字
黄头发的阿芳蔑视我的神情
还有那个神似阿 Q 的四川老太
嘟嘟囔囔地为我打开
夜半小区大门

我很生气
我要革命
我要造反
于是，我学着林冲的样子
提一瓶二锅头
边走边喝，边喝边唱
把那些让我生气的人和事
统统正法

等我醉眼蒙眬地爬到山顶
朝下一看
雪夜中的古原州城
灯红酒绿
鸟语花香

于是我原谅了她们
歪歪扭扭地赶到二医院
疗治冻伤

在南京大屠杀纪念馆

我看见的是，三十万，还是三十万
这个移动的数字
是三十万颗无名的脑袋，还有
三十万个喊冤的灵魂

我知道有把著名的枪，叫三八大盖
它血淋淋的刺刀上
挂着一面日光闪闪的旗——
太阳旗
在我先人的血泊里
那样刺目
那样眩晕

我是一个牧人出身
我知道，人就是人
畜生就是畜生

我不想当一个刽子手
我学会了原谅
但是，我只想说
一把刺刀，三十万颗头颅
放在你们家的天平上
你，和你的子孙
都称一称

将台堡：三个人的雕像

当地人习惯了这三个头颅的雕像
台阶上，三个遒劲的脸庞
看着远方
当地人习惯于
羊走羊道
牛吃牛草
闲暇的时候会点上三支烟
献给三个改变了他们生活的人

我必须卖弄一下我的文化
那是一、二、四方面军
转战万里，用抵御外辱的脚步
迎着同胞的子弹
在这里完成了集合

从小，我就学会了一首歌
叫《东方红》
一直唱到现在
多年以后，我看到的是
在共和国的土地上
羊还是走羊道
牛还是吃草

太阳,从将台堡的山顶上
升起来了
并且光芒万丈

一个叫王志亭的老人

他坐在一棵柳树下，躲避着夏日的阳光
沉默不语，一如乡下老汉
抽着一根旱烟，默默地看着我

我开始说，1937年抗战爆发，南京大屠杀
马鸿宾率领宁夏回族儿郎
奔赴内蒙古战场，用中国的血……

他开始抽搐，然后是夺眶的泪
他说：我是抗日儿童团的
我参加了抗日战争，解放战争

他说：为了宁夏建设，我来了，带着老婆
还有信仰。我活着就是一种幸福
就像看着你幸福的样子

在固原人民广场的一棵柳树下
我和一个叫王志亭的老军人
谈论着祖国和人民等词汇

十四行：新年的第一首诗

如果把光阴当成散步，如果
一个人知道痛心疾首
那肯定是内心扭曲者，被一根枯枝
在额头上画了一道皱纹

到了忏悔的时候了，主啊
我有罪。在中年的肩膀上
我驮不起生活的真相，还有
那些被我虚构的日子

我尊敬你们，那些瞧不起我的人
因为我贪恋酒杯
喜欢和一些小权贵厮混
在昏睡中念着赞美诗

我有罪，主啊
从今天开始，我说实话

宁夏以北

宁夏以北,沉睡的马蹄声荡起大漠孤烟
包兰铁路两侧,一边是青草,一边是沙石
仿佛额济那牧民的一对儿女,相互拥抱
比青草更青的是蓝天
比沙石更白的是羊群
一声悠远的蒙古长调啊,黄昏的奶茶
愈来愈浓
谁把一袭黑夜的愁肠慢慢咽下
谁把四月的羔羊抚养长大
而不远处,那一双闪烁的绿宝石
是一只求偶的孤狼的悲哀

宁夏以北,胡笳一曲源头来
旅人的忧郁穿过青草的手掌,打马而去
我远方的蒙古姐姐
今夜空旷的行囊里,唯有
思念的马头琴轻轻响起

天都山

把一捧清凉和绿意高举在上，天都山
极目远眺的是海喇都广场和黄铎堡的废城
一朵桃花，一片经年的瓦当
一个民间艺人的歌声自古老的史志
如果揭穿一段秘密，一个民间验方
请相信时光的风衣已破烂不堪
它经不起传诵——
比如书简，羊皮经卷，黄金的盔
而从一支羌笛到唢呐的声声
这长河落日的距离啊
我将用怎样的方式丰富自己贫穷的一生
我将用怎样的语言说出自己疼痛的心事
仿佛你将会说出的
永远出不会说出的
一个民间女子和一位至尊帝王……

天都山
一串西夏钱币锈迹斑斑散落风中
一个人面桃花的器皿躲在博物馆的
灰尘中
一个怀念爱情的人，仅仅看见
一群白腰雨燕消失在黄昏深处

清水河

已经消失的是北地胡人觅马的踪迹
是大夏女子桨洗羊皮的番语声
是远征的刀磨尽一生锋芒的喘息
是高翔的鹰最后一搏的投影方式
我惊叹于季节之马已饮尽时光的流水
黄水汤汤啊
谁会继续追忆花儿的忧伤——
清水河的石头你是我的命
早些年咱俩都是苦子蔓的根……

清水河:一种回忆方式的呈现
你的哑默
一如我亘古的苍凉

有关嘉峪关的六行诗

一行上的天

天无雄鹰，酷日收割汗水，苍狼星座堆满石头

二行上的地

向西是孤魂的家园，羌笛之下有野鬼

戈壁寸草不生，向西的一九四二年，国民党甘肃省政府试图为我西海固的先人安下一个小小的家，这大地上的事情谁也说不清……

三行上的人

将军无剑，将军空守一座孤城

一个傻子指挥一场旷日持久的战争，一个汉人的美女子和亲

我已饮干酒泉，光阴和我慢慢老去

鹰落峡

那拼死的一跃是落日盛大祭奠
花儿黄
鸟归巢
一根飘零鹰翅
仿佛是祖国对我的一次精神考验
抑或是一个骑马的匈奴人
失败后的佩饰

鹰落峡;河西走廊最深伤口
一语不发的 2008 年
一场沙尘暴让祁连山更加沉默
我在日记里如此写下——
鹰击长空八千里
最后一次飞翔的
是祁连山咯血峡谷

格桑，格桑

请不要呼喊
就怕惊动草尖上的神
请不要歌唱
就怕惊飞安详的鹰

请相信我对你的爱情
以日渐消瘦的石头作证
请在黄昏的背影里祈祷
追赶马不停蹄的忧伤

采一束盛开的格桑花
献给你
疗治我在城市里落下的病根

西夏碑·细节

撰文载史,西夏的巫师把咒语写在阴影里
他在盟誓的羊皮上留下诡秘的笑
在一丛打碗碗花上留下毒
在黄河边上打坟
在明月下睡觉

哎呀,一个西夏的女子怀上了汉人的种

阿　舍

每时每刻
我都会对你说:我爱你,阿舍
在今年七月的泾源
我又大声地在电话里说出这句话
银川晚报的杨咏
瞪着大眼睛
恶狠狠对我说:你胡说什么?

原来杨咏有一个笔名
也叫阿舍。我从来不知道
就像新疆到处有阿依古丽
西藏到处有卓玛一样
宁夏到处是阿舍

阿拉善的月亮

一副风干的驼骨在鸣沙里格外醒目
风吹沙不动
而奔跑于天空的是野生的羊群
它们踩在寺院的金顶上
敲响陈旧的法器

长生天下,广漠的土地正在一点一点收缩

苍狼的巨嗥,让这个世界惊恐不安
那个保卫内心的人,在帐篷里面壁
他粗犷的呼吸里灌满了水银
马蹄铁生锈
疆土遗忘在千年之远

阿拉善右旗。月光下的蜥蜴正在念经

观察事物的方式

马掌换取路程
月光换取阴影
鹰翅换取天空
煤窑换取白驹

在我曾经站立的地方
发现自己的眼睛
有点斜

山顶上的树

我不会伤害这棵树
哪怕叶子掉光
哪怕枯了
哪怕虫子掏空了内脏
我只愿意看见
黄昏把我们
和那棵树的影子
拉得越来越长

巴丹湖畔

据说:骑一峰骆驼绕湖一周
长河落日已圆
据说:哼一曲长调
大漠孤烟不再直

守住沙漠里的一湖之水
还有骆驼、羊群
牧人巴丹的念想
就回到成吉思汗时代

湖水有多宽
一个人的内心就有多远

巴丹湖畔:我不想做一个酸腐的诗人
不谈主义、理想
只是守着一壶酒
打发简单的日子

位　置

从一座山冈到另一座山冈
时间会填补所有的虚空

我时常想:那匹西域的汗血马
踏在中原的土地上
它让一个王——
喜悦,甚至平静
只是我无法说出,那些
隐藏在黑暗中的暴力
让铁青的河西走廊
又多了一首边塞诗

从一座山冈到另一座山冈
我甚至不会忧伤
不会歌唱

在梦溪雨茶酒吧

在这个意志被偷走的晚上,在梦溪雨茶
我放弃不合时宜的忧伤
甚至不再怀念那个晚唐的女子
从一幅挂历上走失的情形
我和诗人安奇,大口地灌着啤酒
在暧昧的灯光下
谈论着一些与性有关的话题
我们吸着古巴雪茄,就像卡斯特罗一样
用高分贝的声音
关心着萨达姆的小女人,拉登的女儿
安奇说谁傍她一下,谁就是富翁
我说谁傍她一下,谁就是革命者
我们的声音,引来邻座偷窥的目光
突然有女孩问:你叫单永珍吗?
我一阵愕然

在梦溪雨茶酒吧的墙壁上
贴满了宁夏落魄文人的照片
我所幸不在其列
但不幸的是,在这种场合
有人认出我这个乡巴佬

嘉峪关：落日一瞥

嘉峪关以西:一个小小的匈奴留下的只是一串惶恐的背影

戈壁里的驼队,背对遥远的东方
他全部的力量,来自一只蠕动的蚕

我手持一册陈旧的地图
翻捡时间的痕迹,几万只失恋的乌鸦
让天空顿时暗了下来

那段埋在沙中的诗句,苍白,抽象
它的精髓源于羊油的宗教,在民间传颂
那个出卖部落的杂种
被落日的鞭子抽得鼻青脸肿

虚构的飞天被写进典籍,像失宠的皇后
散发着暧昧的饥渴
一方宫廷的黑头巾,把春天的骚动
藏进黑暗和秘密

在一个王朝的灰烬里,最隐秘的事情已经失传
敦煌的藏经洞,躲着一个凡人的经历
他内心的字母镀上了神圣

而废弃的丝绸之路上,释迦牟尼的痕迹
被一个阿富汗的土匪公然抹去

嘉峪关以西:暮色苍茫的民谣被黑体字书写

西夏的当代象征

落日掏空了王陵的五脏六腑
这里没有羊群
也没有泥奔马
一如空空荡荡的我
丢失了所爱的人
我唯一能做的是
把西夏啤酒
灌了一桶

落日昏黄
落日把我的小鸽子
圈到都市的钢筋水泥里
用银子和权利的诱惑
把它养肥

一个人的背信弃义
多像那个灰头土脸的西夏王
一不小心
就把江山丢了

酸曲儿

洗掉宁夏的羊肉膻气
往南就可以吃到甘肃的浆水面
中国的美食家说
浆水面
会让你清凉整整一个夏天

宁夏人是李元昊故乡人
吃肉磨刀打江山
一身男儿气
站在兰州的黄河铁桥旁
一群河西走廊的女子
口吐若兰——
“白天看见你的红衫衫
青青的嘴儿比蜜甜
蓝蓝的裤裤儿害眼眼
白白的肚皮儿吆……”
如此一曲
便让我这个铁打的汉子
失魂落魄

我泪水涟涟地站在六盘山上
南边瞅着甘肃

北边看着宁夏
搜肠刮肚地吼着——
梦里的心肝肝儿哎……

散板：青铜器

华藏寺

哦，白海螺在低音部开始旁白，使《金刚经》在民众中得到解放。

“若以色见我，以音声求我，是人行邪道，不能见如来。”

一个疯子絮絮叨叨地在白牦牛广场散布心得，他夸张的箴言，让庄重之人纷纷躲避，如避瘟疫。而我竟尾随疯人，看他飞沫四溅的口中，如莲语滂沱，在梵音低沉的白海螺感召下，华藏寺大音希声的寂寞顷刻间显赫起来。

我在人生的旱码头，彷徨如秋菊。

荆棘遍布的街道，我荒芜的学历长满疥疮。谁能疗治苋麻草的愤怒，谁让一只荆棘鸟的飞翔变成求证的终旅。

我穿着问号的羽衣，沐浴在白海螺的音乐之诗。

这些年了，我浪迹高原腹地，磨洗自己。

我执着于异质的求索，以此卸下浑身的累和暗藏的毒。我无法跳出五千只蝙蝠织就的梦魇——语言虚伪、行为卑琐，心上装满暗算的箭。

是的，我坦白，绝不隐瞒。

为什么我无端拥有暗含的伤，到底有多少座坟驮在我背上。

华藏寺的杨树下，浓荫如盖，我无法禅定，披胆沥肝地怀疑着自己。而天空蓝得心碎，我无法适应。

我的体内盛满重度污染的习俗，习惯了汽车尾气，有铅的奶粉，刺耳的音乐，还有传教的图画。我艰难咀嚼着糌粑，咽下痛苦的酥油茶，这母亲的饭食，竟与我中年的身体如此相隔。

就让我赤身裸体奔向你，华藏寺，从第一个高贵的字母开始。

“求知者走过人类，如走过兽类一样。”尼采在羊颊骨上端正态度。我肃穆如一临产白牦牛，背诵经验的民谣。

我惊诧于这高原一隅，来自低处的声音总让颓废的意志获得拯救；无援的抵抗遭遇知音；独行者寒夜相遇一炉牛粪火的牺牲。

哦，天空之下，云朵之上，我看见三个角斗士冲出栅栏，挥舞着巨人般的宣言，投影于大地，投影于华藏寺的朝夕里。

方方，请你领颂，青海高车的暄响：

“黎明的高原，最早
有一驭夫
朝向东方顶礼。”（昌耀）

我倾心向西，途经华藏寺，蓦然东方，身后是血迹斑斑的脚印。

我打碎自己。

主啊，请赐予我泥沙俱下的朗诵和尘土般的赞美。

南华山：落日如雪

这个清凉的早晨从某个瞬间开始渐次打开了自己的身体——十月,一个季节把一生的命运交付给这个早晨。向上一望,海拔慢慢增高,生命又慢慢老去,而沉湎下来的应当是大北方深厚的文化积淀层。你必须要用心灵之锄去挖掘、去触及、去探寻文明的发源之谜。那么,就一路前行,让灵魂飞翔,智慧再生。看吧,黑铁一般的南华山上布满了雪,它玄静的白让一切混浊的思想趋于透明。

冰一般的空气进入了我的身体。

我借助甘肃诗人古马的一个奇崛的意象开如了自己的艺术复仇。我相信“落日如妻”的深刻召唤从一个古凉州诞生的诗人笔下出现时,这对复活一个人——一个民族的命运史有着全美的解释。这个形销骨立的意象对于一个时时处于长考的人而言重要的。而此刻我看到了的是雪——十月的雪。秋冬之间,我站在南华山上极目远眺——浮云——浑莽的山——撕裂的风。飞鸟们鸣叫着,迅疾地从头顶穿过。

这里安静极了——天籁般的静。

当我费神地揣测一代帝王李元昊为何把避暑行宫建在这里时,一千年前的李元昊站在南华山上又在思考着什么?

一千年的时光之舟,串起了一个现代平民与一个古代帝王之间的神秘想象。

这是一个帝国驰骋的疆土——东临黄河，西尽玉门，南接萧关，北接大漠。与此存在的政权是宋、辽、金、蒙古，一百九十年的大光阴，血雨腥风的生存，使南华山渐渐浮出历史的地表，在蒙昧的西夏史中明亮起来。

是的，我的情绪渐渐温润。我必须申明：我艺术复仇的对象是狭隘的，教条的汉文明，我要瓦解的是中原文化向外俯视的鄙视的目光。北狄、南蛮、西戎——野性的称谓让中国历史深深蒙垢。

因此，我永远用仰慕的目光来抬高历史上任何一个存在的民族，还有那个民族中的血性汉子。

我相信，真正的英雄在骨子里是尊重对手，而不是鄙视对手。

翻开古代的中国典籍，一笔写过的史书是正统与野蛮的交锋，中原文明的操守者历来瞧不起游牧的北方民族，在儒教虚弱的老化下，挥手相向的便是兵戎装之争。

此刻，染红我思想的是党项民族骄傲的血。

需要说明的是，难道李元昊真的从贺兰山下的兴庆府赶到南华山上来避暑吗？当你看到虎视眈眈的契丹人、蒙古人和中原汉人杀机四起的目光时，李元昊还会有什么心思来享受那丝清凉。萧关在望，刀枪明晃晃地闪烁；背腹之地，蒙古人的马队不停地骚扰，谁都想吞下党项这块肥肉，李元昊能安宁吗？

雄才大略的李元昊站在南华山上，把自己置身于战争的前沿。用鹰一般的翅膀呵护着奔跑中的党项。

李元昊在这里思考的是：拒蒙古铁骑于广大的北方；向南，把利剑伸向大宋柔软的腹部。

2000年，当我不羁的心灵散步在甘南辽阔的大地上时，从玛曲到合作，到临潭，到朗木寺，我无意识当中追赶的竟是党项民族的流亡之路。青藏高原以秘密的方式接纳这个民族落难的子民时，英雄的拓拔姓氏消失了。

2003年的黄昏，我站在南华山上倾听1000年前万马嘶鸣的光辉景象时，此时正是鼎盛时期的党项人意气飞扬，驰骋北地的时候，是伟大的李元昊开拓疆域，把自己推向历史巅峰的时候。

短短三年，我面对的两种面孔的党项——一个年轻，一个苍老—— 一个是胜利者的兴奋，一个是失败者的沮丧。

而今天——南华山——西夏人军马场，我竟找不到属于自己的坐骑。

我相信这样的感觉：当成吉思汗一刀砍下西夏王硕大的头颅时，两个血性民族碰撞的声音肯定使起伏的南华山下了一场旷古的雪，积年不化的雪。

诗人杨梓在长诗《西夏》中如此般地幻化着心目中的雪：

神啊 我敦请你的辉煌

请让她如雪飘扬

让我风行古今与八荒

我们一起歌唱

一起舞蹈

现在，让我们从南华山上向下一望，看见的是黄绎堡，好水川里的累累白雪，而好水川之战，是战争史上典型的以少胜多的战例——韩琦旗下七万大宋儿郎被西夏人的“生擒军”“步跋子”“铁鹞子”等凶悍的混成部队杀得片甲未留——好一幅惨烈的图景哟！

我捡起一枚生锈的箭头，擦拭着陈旧的血。

此刻，南华山上吹过的是一股北中国壮怀激烈的风。

风声如诉。

难道我看到落日是北方英雄李元昊不屈的头颅。昏黄的落日，黯淡地照耀着南华山上的雪。

落日如雪啊！

抓喜秀龙草原的午后

我止步你疼痛的舌尖。黑暗的黄蜂患漫于口蹄疫的叹息。

有声音自狼毒花的根部破伤风，这阳光的罪罚。这是抓喜秀龙草原的基层哲学，或者一个贫下中农的脱盲演说。

“你在卖什么，啊，糊涂的姑娘
裸露着乳房？”
诗人仁谦才华在洛尔卡的谣曲中醉生梦死。
而谁又不想醉生梦死？

牺牲的羔羊，热爱着人类的牙齿，像烈士，义愤填膺成手抓肉和一锅寂寞肉汤，在欢呼的草原，风把失身僧人的语录还给鹰的翅膀。

我多想醉生梦死于这荒唐人世。
白日忏悔，举义的双手瘦骨嶙峋。
夜晚谱录号角——你身体的温度以及卓玛的笑。

主啊！请饶恕一朵野花的歌唱，在这不合时宜的时代。我面临深渊，无力自拔，只看见鹰翅划破虚伪和风的角力之阵。

我满身鲜血，胸前挂着诬陷的证词。
无物之阵的抵抗。
独自舔舐伤口，一次咳嗽竟将我击倒。

抓喜秀龙，我全部的知识源于谬误；我金刚的真理毁于一旦；我崇高的朗诵憔悴于章嘉活佛的开悟。

我自取灭亡，一如飞蛾醒悟于酥油灯盏。

我醒来，在一捧糌粑的灰烬里；一壶酥油茶的泥泞里；一蓑羊皮大衣的坦途上。

“你在卖什么，啊，糊涂的姑娘
裸露着乳房？”

洛尔卡咏叹着。

我如此讨厌自己沉重的肉身——
这阳光的午后，一赤子，辩日。
一俗人，数着体内的舍利。

老城墙笔记

我久久凝视着这堆陈旧的废墟，也许它暗合我此刻的心情——荒芜、破败，一如积水上飘浮的残絮。我不想用史学家冷酷的目光来追述这座老城的姻缘，它不断地消减，然后增厚；它不断地衍变，然后恒定。就这么一堆孤零零的土墙——它横穿历史的青烟黑雨，赤裸裸地摆在我的眼前，让我茫然的心情顿时沉重起来。

一如我老家的老垅院啊！

我现在写的是固原的老城墙——它七零八落地散布在这个城市的各个角落，周围是楼群、马路、散落的民居，以及杂芜的树。城市的喧嚣——流淌的车水马龙、歇斯底里的流行音乐、夸张的奇装异服，构成了不和谐的音调与背景。时间就这样在我的视野里滑过，留下无言的印痕让我抚摸。

我们在追求现代文明的同时，谁在敲打疼痛的历史。

真的，我想确认属于自己的一滴血，一滴年轻而又苍老的液体。我想大声地喊出已被人们遗忘的词汇——山河，就在固原的老城墙上。

走进散落于固原四周的土堆，爬上那截老城墙，在上面走走，看看。一条被无数人踏出的小路，像一条冻僵的蛇，挺立在脚下。不管这些，不管那些杂草、枯树，只管西望，吼一声，唤醒长眠于地下的亡灵，一起分享我的悲怆，我的忧伤，我的欢乐。

……看那，落日一如疲惫的黑寡妇郁郁而去，我是古原州最后的一位护城将军。

……看那，蜿蜒的秦长城狼烟再起，儿郎们，且随我去征伐，去流血。

……看那，蜂拥的马群载着牛羊，载着美女，随我一同去分享。

似乎听到了将士们杀伐的呐喊声，一股白茫茫的风淹没脑海，但同时又打开了我的记忆，千疮百孔的历史陈列在眼前。

原州城——老西安的北门户，向西十余里，便是秦长城，往北，便是塞外。你可以想象古匈奴、党项、蒙古的铁蹄疾驰的声音，你可以理解陇上肥硕的土地，引得北地民族垂涎不已。鲜血开始流淌了。疆域随着征伐或进或退。北方和中原，一代代名将折戟沉沙。我们这样设想：如果原州城失守，漠风如刀的北方铁蹄会怎样驰骋中原，会把仇恨怎样挥洒——刀刀见血，伏尸遍野的瞬间——文明又将会怎样书写。

如果我们一层一层地掘开这块土地，埋没我们的将是战争的尘埃。

……铁马秋风大散关啊！

我甚至不敢踩上那铺路的老城砖，我怕认出一个个孤苦伶仃的名字，我怕踩醒地下的亡灵，他们会喊——疼。

谁破坏了老城墙的旧貌——悲伤的时间定格在二十世纪七十年代。我诅咒那个无序的年代，还有那个下令拆墙的人——我相信历史会无情地审判他，送他上文明的断头台。

而对废墟，我还能说些什么呢？

如果我们还自称为现代人的话，就让这些古文明的载体存留下来，让它安静地享受阳光，享受雨露，享受后人对秘密的追问。让年轻的一代用他们的头颅撞开烟雨缥缈的西海固史，敞开心扉，真诚地与古人对话。

如果这些残留的废墟再度消失的话，那将是我们无法抹去的耻辱——上对不起祖宗，下对不起后人。你听——

那隐约的胡笳声随风而来。

那凄凉的羌笛声随风而去。

那冲锋的马蹄声在睡眠里再度响起。

马蹄寺

奔突。自我放逐的嘶鸣。河西走廊最后的巡游者。

阵阵蹄音刺穿汉长城垛口，那些摇滚、秦腔、骚花儿、小调混杂在一起，像革命者投身梁山。躲在史册阴影中的征夫、戍卒、流浪汉、酒鬼、偷情的银匠，指点一盘残棋，手舞足蹈。

矛与盾的血腥辩证。

这是河西走廊常态的叙述画卷。

古代的行吟诗人。现代的役夫。未来的太阳之子。

我无法区分光阴强附于我的身份证。

万千响箭扑向我——丝绸破碎。

一只出家的青鸟翻动经卷，和一老僧，正午入定。

马蹄寺正午的香火，浓烈、艳丽。几个穿牛仔服的童子，黑牙白目，用山丹方言唱着郑智化的歌：

“寻寻觅觅寻不到活着的证据。”

抽搐的日头泼在脸上，童音苍老，仿佛败北者迷失于一场电子游戏。

诗人昌耀于我布道云：我，只是一部行动的情书。

我羞愧。我的情书在马蹄寺刚刚完成第一章。

黄昏来临。

马蹄寺的黄昏一如逃遁的鹌鹑，瘦小，心里极度不健康，带着狐臭。我痛苦发现，它与煌煌《金刚经》不甚匹配。它拽着寒鸦的肩膀,陷入黑暗哲学和内部斗争。

方方,我无法证明我自己。

我是你的灾难。

而你说,在马蹄寺,谁在此刻沉沦,谁就获得拯救。

一个人地老天荒

谁也不知道那支小提琴曲到底叫什么？但它绝对不是高山流水般的空谷清音，不是森林般的众语喧哗，不是广场上挺进的号角。它应该是排山倒海的忧伤宣泄，是怀念与追忆的绝望呻吟，是火山，是地震，是海啸—— 一个天才的音乐大师最后献给自己终身所爱女人的作品应当是这种气势。

只有勃拉姆斯知道，只有克拉拉知道。

孤独一生如勃拉姆斯。

在克拉拉的墓前，勃拉姆斯拉响了那支神鬼不知的曲子——一生的爱幻化成一首小提琴曲，此岸与彼岸被神示之手彻底打通——这是人间的神曲，爱的弥撒。

一次柏拉图式的爱情赛跑曲终人散，绝望的旋律使法兰克福的天空黯然神伤。

这是人世间最美妙的小提琴曲了。

当小提琴曲戛然而止时，勃拉姆期肯定憔悴地抬起头，仰望着遥远的天国。这时我想，如果有人大声地朗诵一首诗，一首孤独渗骨的诗，勃拉姆斯呈现给世界的必将是滂沱的泪雨。

前不见古人，后不见来者。

念天地之悠悠，独怆然而涕下。

绝望之后的绝望是大绝望。孤独之后的孤独是大孤独。我被一种超时空的力量不幸击中，沉陷于孤绝凄清的氛围中不能自拔。

一种贯穿千古的孤独让三个风马牛不相及的人浑然一体——

陈子昂、勃拉姆斯、我。我遭遇着这种情感的折磨，无法抵抗。

无物之阵的抵抗。

这时，正是西海固的深秋，冰凉的雨水潇潇而来。案头上打开的是陈子昂的《登幽州台歌》，耳畔响起的是勃拉姆斯的《C小调钢琴四重奏》。悲凉的情绪从发梢贯穿到脚底，一群乌鸦沿冰冷的血管慢慢飞去。记起了一首叫《无题》的诗，我如此写道：

你这白天的巴颜喀拉，镀一身白色盔甲扑面而来。
竟将我少年老成的文字布满暮色
竟将我迟到的爱情慢慢风干
竟将我坚硬如水的记忆肆意瓦解
以你沧桑千古的名义找开我短暂的日历
岁月啊，我的一生竟如此苍白

诗歌与音乐——这些让我深爱的艺术使今夜如此凄凉。这一瞬间，可怕的寂寞随风而来，我将如何度过这漫漫长夜。

风声渐起的时候，你的名字如约而来。

而黑夜转瞬就是黎明，黎明又直指黄昏。

忧郁而美丽的蓝调奔跑在秦长城上，像一朵幸福灿烂的花，盛开在十月的天空下——这个成长于西域的姑娘用纯美的想象展示着青春的激情，她霞光般的笑声唤醒我体内温暖的时候，心底里响起的是那首《C小调钢琴四重奏》。我强忍着内心的忧伤，不敢破坏她的心情。

是的，她说到了新疆好大的雪，说到了新疆的牧人。但她没有说那顶无人的帐篷，那群无人看管的白云似的羊群——而谁又是随我去牧羊的人。

蓝调不知我忧。

我还得面对城垛、大营城、突厥等这些发霉的词汇，披肝沥胆地进行着精神对抗。

西山悄悄地隐藏了落日，该回了。

蓝调说:我就是秦长城，我一片黑。

我说:落日一如猛士撞颅，让鲜血照亮你前方的路。

蓝调天真地笑着——灯亮了。

应该让她听听那个爱情故事——《C小调钢琴四重奏》弥漫了狭小的房间，我为她朗诵着勃拉姆斯写给出版商的一封信:“你必须在封面上画上一幅画:一个用手枪对准的头，这样你可以形成一个音乐观念。”

我用少年维特的方式:用食指对准了太阳穴。

忧郁的蓝调用陈子昂的诗集捂住了自己的脸，顺着书籍淌下的是大颗大颗的泪——她显然懂了。

她真的懂了吗?

谁也不知道勃拉姆斯在克拉拉的墓前拉响的那支曲子，我也天天写着一首秘不示人的诗——它不需要文字，更不需要朗诵，仅仅只要一个暗示就够了。

我一生也写不完的一首诗啊！陪你走一年又一年，直到天荒地老。

东岳山上的钟响了。

一地的凄凉。

一地的怅惘。

马鞭草盛开在骊靬人的后花园

无疑，是贵族流落民间，它优雅的盛开，是对浩瀚戈壁的抗议；是三寸金莲对远方的嘲弄；是美少女对浓妆艳抹的唾弃。

甘肃永昌县。一群古罗马军团的后裔，在干净的庭院里侍弄着马鞭草，用永昌方言交流着天气、收成、学费等等大事。不苟言笑的神态，仿佛意大利的众议员在国会讨论2015年的年度预算。

这些血液被稀释的族群，操汉语，着汉服，用奇怪的丧葬方式埋了一辈辈先人。那些逝者的脸，永远面朝西方，似乎在等待某种结论和答案。

河西走廊的绿洲上，一群意大利人的子孙，结婚、生子、繁衍。

他们经历着中国王朝的变迁。

他们踩着古老炎黄的脉搏而呼吸。

骊靬，这丝绸之路上隐秘的符号，带着仓皇、隐忍、张望、叹息，窥视印度人，阿拉伯人，突厥人的驼队从眼前经过；看着僧侣，驿官，信使的背影没入黄昏；聆听狼烟，金戈或一群鹰划破风的摩擦声。

一路的回忆。

一路的遗忘。

一则新华社新闻，让亘古的乡村激动不已。祖上异于周围人的肤色，眼神，发型，让他们知道，骊靬——意大利。

历史与现实的相亲相爱。

一根老藤上的一串苦瓜。

2015 年，我和一群祖籍意大利的汉人，在绝望之蓝的马鞭草旁，谈天论地，啃着羊肋巴，口若悬河地称兄道弟。